文學新象 291

幸運的我
成了
綁架事件目擊者

HOW LUCKY

Will Leitch
威爾・萊奇——著
曾倚華——譯

高寶書版集團

「一個人能有多麼幸運？」

——約翰・普萊恩

序章

我的人生不是一部驚險刺激的電影。我的人生正好是驚險刺激的相反。真是鬆了一口氣。誰希望自己的人生那麼刺激啊？別誤會我的意思，我們都希望自己能活得精彩——我們希望自己的人生能激勵人心、充滿驚喜，能在每天早晨都給我們一個起床並體驗新事物的理由。但是刺激呢？別開玩笑了，老兄。所有在冒險電影裡發生的事件，如果發生在現實生活，那都會他媽的嚇死人。你在電影裡看過成千上萬的飛車追逐，次數已經多到當你邊摺衣服邊看網飛時，飛車追逐的鏡頭讓你甚至連頭都懶得抬起來。你都已經看膩了，那些畫面千篇一律又無聊。但如果你身處其中一場追逐戰裡，那就是一場惡夢了。你奔跑就會是為了……逃命！如果你活下來了，你也要花好幾年的時間試著走出來。你在做心理諮商的時候會發抖又畏縮，你會一次又一次地在惡夢裡重新經歷這一切，然後再尖叫著醒來，你會再也沒辦法和其他人建立起人與人的連結。這會是發生在你身上最糟糕的一件事。

謝天謝地，現實生活並不驚險刺激。這種事情不會發生在你身上，也不會發生在我身上。我的人生只是由一堆小小的片段時光所組成，你的也是。我們不會生活在一連串的劇情轉折裡。我們應該為此心懷感激。我們應該要慶幸自己有多麼幸運。

＊

當我說我看見她爬上那台大黃蜂時是早上七點二十二分，請相信我，我很確定時間。因為我一直都很有規律。你也許不這麼認為，但我的規律和你的其實也相去不遠。我很確定，因為那只是個普通、平凡的早晨，就和任何其他日子一樣。我很確定，因為我就像往常一樣看見她了。

瑪扎妮在早上六點叫醒我。我們靜靜地吃了一頓早餐。我回覆了幾封電子郵件，滑了一下IG，直到《今日秀》[1]開播，將前一晚全世界發生的恐怖事件都攤在我面前。歐塔[2]愉快地描述完世界是如何分崩離析後，艾爾[3]告訴我們，今天拉斯克魯塞斯的氣溫會高達攝氏四十一度，喔耶，然後他咧開嘴，把畫面還給了《十一點新聞直播》，那是亞特蘭大的當地電視台。此時一如每個平日，都是早上七點十七分。然後就到了「威氏量表[4]」的時刻。威氏量表就是一個數字，介於一到十一之間，為這個星球當天的氣候做評分。十一代表的是最理想的天氣，而我猜一則代表當天會下一場讓世界滅絕的流星雨。柴斯利．麥克尼爾[5]會用整整四分鐘的時間告訴我們當地的天氣狀況，然後在把鏡頭切回去

1 The Today Show，美國全國廣播公司製作的晨間新聞和脫口秀節目。
2 Hoda Kotb，美國廣播記者、電視名人和作家。
3 Al Roker，美國電視節目主持人、新聞記者和作家。
4 WIZometer，美國全國廣播公司推出的天氣評分量表。
5 Chesley McNeil，《十一點新聞直播》的氣象學家。

給位於紐約的艾爾之前給出威氏量表評分。

那四分鐘有時候真的讓人很痛苦。我的情緒狀態有時候會被威氏量表嚴重影響，這一點其實滿令人擔心的。我在家工作。我一直都在家裡。「外面」指的是我的前廊以外的地方，而我只有很少很少的機會能到外面去。威氏量表能讓我擁有看看外頭世界幾分鐘的邀請函。如果威氏量表給出了八分，就像今天這樣（「亞特蘭大，好好期待你們的週末吧！」），我就要盡快離開家門，趕到前廊上。更準確地說：我會在七點二十一分移動出家門。今天是這樣，明天也會是，只要我還有辦法出門、只要氣象預報是好天氣，我就會這麼做。

瑪扎妮走向自己的本田小轎車，對我揮手道別，明天見啦，丹尼爾。我們的規律現在已經成了一支無聲的舞蹈，是由多年來的經驗累積而成，瑪扎妮是弗雷德．亞斯泰爾，我則是琴吉．羅傑絲[6]，照著她的動作移動，只是和她順序相反、還穿著高跟鞋。她的英文現在很好了，但在過去幾年她還不太會說英文的日子中，我們學會了這支沉默的探戈之舞。有時候我們會聊聊。有時候不會。我看著她的老車低吟了一聲又一聲，才終於啟動。從我認識她的時候開始，她就在開這輛車了，我真不知道它怎麼還跑得動。

瑪扎妮駛過農業路，前往史第格曼體育館。前一晚的體育俱樂部活動結束後，她要去幫忙清潔現場。有一場喬治亞大學的主場美式足球賽要開打了，意味著這一週會充斥著各

6 Fred Astaire 與 Ginger Rogers，兩人是美國經典舞王與最佳合作夥伴，開創美國三〇年代的歌舞片時代。

種大大小小的活動，也意味著瑪扎妮會有更多工作。她早上會先來照顧我，然後接著去做一連串奇怪的工作，例如打掃、褓母、居家拜訪，有時候也會幫忙掌廚。她昨天是這樣過的，接下來的幾百個明天也會是這樣。如果那輛有氣無力的車還能動的話。

我用吸管喝了一口水，在前廊上看著她離開。一個背著「水土不服樂團」[7]背包的小孩心不在焉地走到大街上，使瑪扎妮不得不踩下煞車；孩子舉起手——半是道歉、半是漫不經心的習慣動作，然後走進了樹林裡。除此之外，街上一個人也沒有。當整個雅典[8]的人都在宿醉時，早晨就是這麼寧靜。所有人好像都決定多睡一個小時似的。就連平常擠滿謹守本分的博士生的學生家庭式宿舍，現在也昏昏沉沉，光線昏暗。我深吸一口氣，享受外頭難得的寧靜時光。要只有我一個人在屋外，這機率能有多大？我一個人能有多少這樣在外獨處的機會？

然後我就看到她了。我現在描述給你聽時，把它講得很戲劇化，好像她突然跳到我面前一樣，好像我根本不可能沒看到她，好像她在一個黑白世界中穿著一件大紅色的外套一樣。好像我在一部驚悚電影裡一樣。但完全不是那麼一回事。她只是像平常一樣走著路。通常不只有她一個人會大清早在路上走，但在那天，就只有她一人。過去三週，我每天都在這個時間點看到她，分秒不差。也許她是個大二學生，她背著一個藍色背包，走在人行道上，和瑪扎妮剛才開車行駛的方向相同。今天是個美好的秋日，威氏量表八分、也許九

7 Misfits，一支美國龐克搖滾樂隊。
8 Athens，美國喬治亞州城市。

分，此時是早晨七點二十二分，她正漫步走過農業路，輕鬆寫意，只是另一個準備走去上課的孩子。

一如往常，她和其他人只有一個地方不同，就是她沒有戴耳機。她從來不戴耳機。她不抬頭、總是獨自一人，她會融入人行道的街景。她從來沒有看見我坐在這裡，坦白說，如果不是她每天都和我在同一個時間出現在外面，我大概也不會注意到她。她就只是走路。她不會做別的事。

直到那一天。那一天，她停下了腳步一秒鐘。沒有任何原因，沒有車突然停在她面前、使她需要繞道之類的。她只是停下腳步，抬起眼，第一次、也是唯一一次，和我視線相交。那顯然是個意外，她的視線挪開的速度比落在我身上的速度還快。但她看見我了。我也看見她了。她又停下腳步，再度瞥了我一眼，這次更仔細了一點，然後露出淺淺的微笑。她舉起右手。**哈囉**。然後她又繼續走她的路。

一輛大黃蜂左轉，從南景路駛上農業路。這輛大黃蜂已經變成了黃褐色，需要重新烤漆，而且需要比現在更悉心的照料。我猜那是六〇年代末的復古車款——那時候的大黃蜂還被人視為高級的跑車，而不是七〇年代的莎莉或貝蒂搶著要擠上車的炫耀工具。這輛車值得你投注大量心血，使它恢復昔日榮光，而不是像現在這樣疏於呵護。

車子在她身邊停了下來。她看向車內。她似乎聳了聳肩。她搖搖頭，似乎笑了一聲，然後又聳聳肩。駕駛接著便打開了副駕駛座的車門。我看不見他的臉，但我注意到兩樣東西：我瞥見了他左腳閃亮、近乎半透明的靴子尖端，像金屬一樣會發光，還有他頭頂上戴著一頂藍色的亞特蘭大鶇鳥隊帽子。我記得，就連在那一刻，我都覺得那頂鶇鳥隊的帽子很奇怪。十到十五年前，確實有一支冰上曲棍球隊叫作亞特蘭大鶇鳥隊，但南方根本沒有人喜歡冰上曲棍球，所以他們就遷到加拿大的溫尼伯去了。誰會戴亞特蘭大鶇鳥隊的帽子啊？

她頓了頓，微微向右看了看，好像在確保沒有人看到她。然後她往左看過來，又一次看到了我。她很快地撇開視線，好像有點難為情，又或者只是在尋找著什麼，好像在尋求……什麼？我的同意嗎？也許她只是很高興有人在看她。也許她是希望沒人看到她。我不知道。那只是一個尋常的秋日早晨。我沒有理由多想這件事，所以我沒有去想。你也不會多想的。這只是件小事。

但她確實是上了那輛車。那是早上七點二十二分。我很確定。

星期二

1.

十一點十三分，我有生以來第一次被一個陌生人稱為「混蛋殭屍實習生」，而且老實說，對死氣沉沉的星期二而言，這還不算太糟。週二到週四的旅客通常都是商務旅客，他們通常比觀光客好一點，但當事情出差錯時，他們又比觀光客更氣急敗壞，因為他們有地位。但今天是個輕鬆的星期二，威氏量表的數字很漂亮，這一定讓大家的心情都好了不少。

我猜「混蛋殭屍實習生」分別指的是我整體而言令人噁心、毫無靈魂，又對社會沒有任何影響力的狀態。（第一個詞太殘酷、也太荒唐，我們甚至不用認真討論我的性向究竟是或不是什麼。[9]）使對方抓狂的意外是一場小暴風雨，那是我唯一能從即時氣象預報軟體中看見的暴風雨，而它顯然使 @pigsooeyhogs11 去納什維爾要搭的那班飛機被困在阿肯薩斯州的小石頭郡了。雖然我可以同理他被困在阿肯薩斯州的不幸遭遇，但我也幫不上什麼忙，因為我正坐在喬治亞州雅典市的一張桌子前。但他不希望我幫忙。他只想要我坐著聽他發飆。我擁有做這份工作的獨特技能，而坐著聽他發飆就是其中一項。

9 譯註：文中「混蛋」原文為 cocksucker，原意為與男性進行口交者。

@spectrumair　在機場裡坐了二十五分鐘了　沒有任何消息　三小啊？

@spectrumair　三十五分鐘了　還在等　#去你的光譜航空

@spectrumair　我知道你不在乎　但我還在等

公司訓練我們不要逐條回覆訊息。其實也不是辦不到——光譜航空是個地區性的小航空公司，只會來回八個機場、一天只飛三次，就算每個乘客都抓狂，我們也不會忙不過來——但逐條回覆訊息，會讓他們產生一個錯覺，好像我們真的在乎他們的抱怨一樣，但其實我們並不在乎。當然，我們得看起來像是在乎——就算只是一個總部設立在阿拉巴馬州的小航空公司，他們也不希望自己看起來像不重視自己忠實的顧客。但他們真的不在乎。如果他們真的在乎，他們就會花錢聘請全職的公關團隊和一個社群網站協調專員，或者，也許可以買幾架不會被幾片八十公里以外的小烏雲困住的飛機。但光譜航空不是這種公司。光譜航空只會花時薪二十五美元，聘請我溫和地回覆那些「不滿意」的推特發文。不過你只花七十九元買一張從小石頭飛往納什維爾的單程機票，一分錢一分貨嘛。

當然，我可不是這麼告訴他的。在他發了三條推特後，我從總公司那裡得到警示，說航班在「天氣狀況緩解」前將無限期停飛之後才回覆。我得用比別人更長一點的時間才能回覆大家的訊息，我猜這也是他們喜歡讓我做這份工作的原因之一。

@pigsooeyhogs11　很抱歉造成您的不便。您的航班受到天候影響，此時我們還無法提供您更多資訊，但有任何更進一步的消息，我們都會立即通知您。

一定要記得在回覆生氣的顧客時加上「等我電話」的表情符號。你能對一個表情符號發多大的脾氣？如果我們能單靠表情符號溝通，這世界上就不會有戰爭了。

事實證明，@pigsooeyhogs11可以對表情符號發很大的脾氣：又過了兩條推特的時間後，那句「混蛋殭屍實習生」就出現了。一旦顧客開始口出穢言或是暴力相向，我們就無計可施了，所以公司叫我們直接在推特上把他們消音。你不能封鎖他們——那會讓他們知道你其實聽到抱怨了——公司的指示是，把他們消音就好，把他們所有的尖聲大叫和抱怨連連全部丟到外太空去。讓他們對著一片混沌大吼大叫就好了。

我得承認，生氣的人們在手機上打出各種羞辱人的話，卻沒有人會看到，因為他們被消音了，這件事就某種層面上來說，其實有它的正面意義。以這種角度看來，我的工作幾乎是一種公共服務了。每個人都有自己的惡魔要應付，而在日常生活中，你很難找到地方發洩所有的挫敗感。你可以對著枕頭大叫，或者對你的狗發飆，或者讓這些挫折感持續堆積，直到在錯誤的時機點爆發，進而傷害到你自己或你在乎的人。我必須說，在網路上對廉價地區航空表達憤怒，其實是最有建設性也最健康的方式之一。反正人們需要找地方發洩情緒。對我們發洩情緒也沒什麼不好。

但話說回來，我從來沒有把他們消音。現在他們是憤怒的旅客，但在飛機之外，他們只是別人的兒子、女兒、媽媽、爸爸、同事和老闆，他們只是在超市排隊的第五個顧客或去醫院探病的焦慮親屬，而最後，他們只是躺在棺材裡的一具軀體，讓許多坐在折疊椅上的人後悔自己沒有花更多時間陪伴而已。他們正在經歷痛苦，迫切地需要人們聽見他們的聲音，而剝奪他們這個權利似乎有點太吝嗇了。他丟出「混蛋」這個詞之後，對話就結束了。但要我叫某個痛苦的人閉嘴，實在太殘酷。公司政策是要我們把他們消音。但我就是做不到。

當有人越界，而公司政策明文規定我不能再和對方互動後，我很喜歡做一件事：我會去找和他搭同一班飛機、但用比較溫和的方式抱怨的其他旅客，然後給他們更多資訊。也許他們就坐在那個生氣的人附近，他們就可以告訴他了。至少我想這麼相信。我喜歡想像，和那個叫我混蛋的人搭同一班飛機的陌生人，得知飛機會在二十分鐘內起飛後，會去告訴他。那個生氣的人會放下手機，忘記自己一開始還在發脾氣，露出微笑，然後說：「噢，謝謝你。」好心人則會回應他的微笑。兩個陌生人以愉快的方式交換資訊，兩人都成了對方今天的亮點，這件事雖小卻事關重大，使兩人的日子都好過了一點。我們每天都會有這種互動。當有人幫我們開門的時候。排隊時有人替你揀起掉落的眼鏡時。沒有人會記得這些寧靜、迅速又平庸的善意小動作。我們只會記得那個在推特上叫我混蛋的人。人們在現實生活中其實很親切，就算只是無意義的善意也一樣。船過水無痕。但不應該是這樣的。我們在網路上總是比在現實生活中憤怒得多。

我做這份工作的表現要不是堪稱完美，要不就是爛透了。我還不確定是哪種。但這是一份工作，而老實說，願意雇用我的公司應該也沒幾間了。所以我絕不會抱怨這份工作。

就算 @pigsooeyhogs11 說他希望得腦癌，然後在大火中死掉也一樣。仔細想想，我其實不確定腦癌會不會使被火燒這件事變得更痛苦或更致命。

門鈴響起，而我一如往常地花了好多時間上網，我甚至沒注意到整個早上的時間都過去了。我登出帳號，前往大門。崔維斯會來進行每週二的午餐拜訪，這次他帶了巴赫餐館的烤肉三明治。我已經忘了 @pigsooeyhogs11 及那天早上我和其他人所有的互動。大腦的運作方式也是滿有趣的。

2.

「所以，你的那個女孩發生的扯事嘛。」崔維斯說。「我有個理論喔。」

崔維斯穿著一件丹尼爾．強森[10]的T恤，鬆垮地垂掛在他身上，明明已經是S號了，但還是長得足以塞進他的襪子裡；他的一頭金髮一直不小心擋住眼睛，他用戲劇化的動作把髮絲從鼻子上吹開，好像在吹熄生日蛋糕的蠟燭一樣。我一直都很怕，如果我不小心撞到他，他很可能就會攔腰斷成兩截。他看起來就像《無頭騎士》裡被追逐的男主角。除了我媽之外，崔維斯是我這輩子認識最久的人，而我們感情這麼好的原因之一——或許也是他喜歡和我一起玩的主要原因——是因為他總是話說個不停。他是個熱愛說話、思緒敏捷的人，他歪著嘴笑的模樣，則使他像伍迪．哈里森和傑西．艾森柏格生的兒子，只是交給嗑了藥的萊亨雞[11]養大那樣。他會發表關於政治、運動或者音樂（多半是音樂）的長篇大論，就算你再怎麼仔細聽，都還是會跟不上他的邏輯。我看過有人在他獨白的過程中緩緩站起來走人，並不是因為憤怒或煩躁，而是因為疲倦，就像是你等電梯等了太久，終於意識到電梯不會來了，所以決定改走樓梯那樣。等到他們回來坐下時，他還是沒講完。

10 Daniel Johnson，美國職業棒球外野手。

11 華納兄弟動畫公司製作的動畫《樂一通》中的角色。

在他終於講到整個鎮上今天唯一的話題「那個女孩」之前，我們今天午餐的主題是威爾可合唱團[12]。崔維斯和我一樣都才二十六歲，因此在威爾可合唱團的全盛時期，他還太年輕、無法欣賞他們的音樂。但他現在為他們瘋狂。

「重點是，他是樂團中第二個人見人愛的人，你看喔，但人們都認為他是最遜的那個。」他邊說，邊將一大坨烤雞肉挖到保麗龍盤上，有一半都灑在我的廚房檯面上了。「但他才不遜，你看，他一直都是天才啊！」

我在思考關於傑夫．特維迪的溫暖和人性，有什麼樣的長篇大論可以說。但是請相信我：崔維斯對這個話題有很多話可以說。他對每個話題都有很多話可說，而這些話題通常都和他當時的人生有直接關聯。他喜歡的女生在市中心的瓦特街四十號俱樂部工作，她喜歡威爾可合唱團，所以你就知道了：崔維斯現在也是威爾可合唱團的粉絲。下個星期就會換成別的了。崔維斯比較喜歡什麼都沾一點，而不是只專精在一件事物上。

但現在他講起了「那個女孩」。所有人都在討論那個女孩。事情不對勁的第一個徵兆，是兩天前的晚上，我在雅典市的論壇上看到一個討論串，我當時只是在到處看看，想找有沒有人願意出售這週末的中田納西州立大學美式足球賽門票。搜尋喬治亞美式足球賽的門票市場是個賺外快的絕佳點子，尤其當你的工作只是坐在家裡上網一整天的時候；有些人總會賣得比市場價格便宜一些，而這就是你出手的時候了。

12 Wilco，美國另類搖滾樂團。主唱為傑夫．特維迪（Jeffrey Tweedy）。

那天晚上的論壇沒什麼特別的：湖岸路的一座橋淹水了；五點區有一棵樹倒了；巴內特謝爾斯的某個人想要賣一張椅子。我正準備登出就寢，卻注意到一個新的討論串出現在頁首：

室友失蹤。最後出現在五點區。

我就住在五點區。我點開討論串。

緊急：學生失蹤。我的室友劉愛欽上星期出發去上課後，就再也沒有回來公寓了。她從來不遲到，責任心強，我們都非常擔心。她不太會說英文，但叫她愛欽時，她會回應。她最後一次出現是在南景路上。警方協尋中，但我們想要把握更多機會。如果有看見她，請用電子郵件聯繫我：stephanie2001@gmail.com。我們非常擔心。

討論串也附上了一張照片，但畫面很糊，而且她看的方向和鏡頭正好相反。照片上的人很可能是隨便一個人。我的腦神經短暫地串聯了起來。但只有那麼一瞬間。瑪扎妮準備要回家了，我自己也很累。我就沒有再去多想。

過去這兩天，愛欽的消失成了鎮上的首要話題，而崔維斯當然不會讓人失望，準備了一個又一個理論。

「我敢打賭，我知道她在哪裡。」他說，而我知道他又要準備開始長長的獨白了。我總是會聽他說，總是會縱容他。我哪裡也不會去，他也是。崔維斯總是在我身邊。

＊

崔維斯和我出生的日子只差了十一天，都在伊利諾州查爾斯屯的莎拉．布希．林肯衛生中心。那是個節奏緩慢的小鎮，是東伊利諾大學的所在地，擁有一間優秀的唱片行「正派四街唱片」，除此之外就沒有什麼特別了。他的媽媽是東伊利諾大學的哲學系教授，我媽（不准叫她安琪，她叫安琪拉）則是她的祕書。（技術上來說，她是整個哲學系的執行助理，但哲學系的另一個教授是個叫艾迪的老頭，從來不離開辦公室，而且好像一九八三年就死在那裡了。）儘管他媽媽比我媽老了十歲，又住在柯爾斯郡一間超大的豪宅裡，擁有人造大理石造的前廊，就在鄉村俱樂部附近，老公是醫生，崔維斯還有四個姊姊，而我媽和我則住在馬屯市中心旁的一間小破房子，她們卻轉眼就成了好朋友。我爸在我懂事前就消失了，崔維斯的爸爸則總是在醫院工作，所以我們的媽媽都習慣了寂寞和疲憊，也習慣被小孩疲勞轟炸卻沒有人可以幫忙或抱怨的狀態。學校的產後政策很糟糕，所以她們生完孩子後，還來不及準備好，就又得回去上班了，然後她們很快就發現，最簡單的作法就是把我們一起帶去學校。你可以說我們就是在科曼廳長大的，從小聽著驚慌的學生拜託崔維斯的媽媽幫他們調整成績，我媽則負責接電話、偶爾去檢查一下艾迪死了沒。

崔維斯和我在同一張多用途嬰兒床中睡午覺，爬過同一條髒兮兮的學校走廊，一起洗過無數次的澡，每次助教們進來看著我們、讓我們的媽媽休息時，我們也一起放聲大哭。我對伊利諾州的記憶裡，幾乎全都有崔維斯。我們甚至一起舉辦一歲生日派對：崔維斯的媽媽在他們家屋外辦了一個巨大的露天派對，找來了小丑表演，還搭了充氣城堡，甚至租了某種小火車，可以載著大家在他們廣大的院子裡繞圈。我們當時都才一歲，整個派對時間都在睡覺，但我媽說當我醒來時，我就一直哭到崔維斯也醒了為止，然後開始在對方身上亂爬。她說我們最後在他們家住了一個星期。他們有足夠的空間。

當你和某個人花那麼多時間相處，年齡又相同，就無法避免地會產生比較，而崔維斯的媽媽總是很擔心我學習新事物的速度比他快得多。我比較會午睡，我比較不會哭，我甚至比較早學會怎麼用湯匙，但我造成的一團混亂使這個新發現變得沒那麼有價值了。而且，老天，我很會爬。我媽總是說，如果她有一秒鐘沒盯著我和崔維斯，她一轉頭就會發現我已經爬了半層樓，不知道要去哪裡，而崔維斯只會坐在地面中央，大笑著鼓勵我繼續前進。我媽那時候總叫我小飛毛腿，我的小飛毛腿。直到現在，她有時候還是會提起這個名字。她之前開玩笑地說，她本來還想在我的嬰兒床四周圍上鐵絲網。但崔維斯呢，他就只會坐在那裡笑。

我們大約十八個月大的某一天，一個懶洋洋的週六，我們四人在崔維斯媽媽家打發時間，他的姊姊們則在屋內狂奔、對著彼此尖叫。我媽注意到有什麼事情不太對勁。崔維斯的媽媽牽著他的雙手，試著引導他走過鋪著亞麻油布的地毯，他便立刻跌跌撞撞地跟著走了起來，左腳、右腳，幾百萬年來達爾文進化論所留下的肌肉記憶和直覺綜合起來，成為了……行走！動作！身體自主！但是我呢？我做不到。我不只無法同時移動雙腿，我的雙腿似乎根本無法承受任何重量。把我拉起來，我會立刻跌坐回地上。每次她拉著我站起來，我都會立刻摔回地上。崔維斯通常是慢半拍的那個孩子，但他已經開始會自己站起來，危顫顫地向前走了。但我不行。我似乎搞不懂這件事是怎麼運作的。

幾週時間過去，我媽開始非常擔心。她聽說了所謂的「軟腿症」，意指幼兒的肌肉量不足，而我又沒有越來越強壯，所以她認為可能是這樣。等到崔維斯終於正式會走路後，她就再也等不下去了。我流鼻水時，她很不喜歡打電話叨擾醫生。她不想成為那種媽媽。但這實在太奇怪了。如果真的有問題，她就想要解決它。

＊

愛欽已經失蹤七十二小時了。

《雅典先驅報》有了第一手的報導。

喬治亞大學中國學生失蹤

作者：馬修．艾戴爾

喬治亞大學校警希望各界援助，尋找一位雅典市女子的下落。

警察局發言人麥可．席特拉表示，這位女子的朋友這週末通知警方，十九歲的劉愛欽最後一次和他們互動是在週五早上的六點三十分左右。他們試著聯絡她家和她的手機多次未果。警方依循失蹤案件的處理程序，和她的朋友們談過，也和當地醫院確認。

劉愛欽小姐是來自中國的留學生，在喬治亞大學就讀獸醫系。她住在五點區農業路上的學生家庭宿舍，室友最後一次見到她是週五早上，在她去上學之前。她的朋友、本地居民瑪麗莎．賴是第一個發現並通知警方的人。她在雅典市內張貼了許多印有劉愛欽小姐照片的海報。賴小姐告訴本報記者，劉愛欽小姐八月中才搬來雅典市，她最近才透過中國的親戚介紹認識了愛欽，正打算帶愛欽認識她在學校裡的基督教青年團契成員。「她在這裡沒有其他熟人，我不知道她還有哪裡可以去。」

華盛頓特區的中國大使館也已經收到劉小姐失蹤的消息。

「我們已經用盡全力，所以現在我們要尋求各界幫助。我們廣納各種資訊，什麼都行。」席特拉表示。若有任何資訊，警方請雅典市居民撥打劉愛欽專案電話：七〇六-二三四-四〇二二。

我對她的了解只有一個，而且是事關重大的一個：過去兩個月，我每天都會在同一時間、同一地點看見她。她只在那一天對我揮過一次手。昨晚在我睡覺前，他們在電視上播出她的照片時，我才意識到這件事。她長得和電視上的女生很像。真的很像。我立刻傳簡訊給崔維斯，告訴他新聞上那個女生之前每天都會經過我家門口。直到今天早上，我才想起那頂鶇鳥隊帽子，和像金屬般發亮的靴子尖端。

就是那個女孩。就是那輛車。

＊

「所以關於那個女孩啊，你看喔。」崔維斯說。他邊挖起一勺烤豬肉塞進我嘴裡，一邊說出他的理論：劉愛欽是個癮君子。

我知道崔維斯在某一刻會不可避免地冒出這個理論，但我得承認，我有點意外這是他提出來的第一個推測。中心概念是：她初來乍到一個新環境，人生地不熟。她學業壓力又很重。她在人生中從來沒有這麼自由過。她比人們以為的更有趣、更叛逆一點，而現在，她終於有辦法表達自己的內心了。她的新室友們笨拙又壓抑。他們只希望她好好念書——但她不想要念書！美國的重點不在於讀書！美國的重點是流行音樂、網飛和大麻。絕對是大麻。

根據崔維斯的說法，她大概是某天晚上悄悄躲開了她的中國社交圈，去參加了某個兄弟會派對。（「她很可愛啊。」他聳聳肩說。）最後她認識了幾個孩子，和他們一起抽了大麻，而這使她的眼界更開闊了。她為什麼要花這麼多時間、這麼努力？她為什麼要離家這麼遠？為什麼大家都希望她當獸醫？獸醫無時無刻都在讓動物安樂死耶。為什麼會有人想要這份屎一般的工作？她突然意識到她的整個世界都是謊言，她不想成為體系裡的一份子，她想要當愛欽就好了，你知道嗎？所以她就想：管他們去死。她找了一個和她一起吸大麻的朋友，和他跑了——「也許她是同性戀，只是她現在才發現！」——然後現在躲在諾莫爾敦的一間公寓裡叫外送、抽大麻、馬拉松式地狂看每一集《黑鏡》。她甚至不知道大家都在找她。她只是在活出美國生活而已，你看喔。

這個說法，可能帶有崔維斯個人的一點投射。但為了歷史紀錄，我還是記下了他的理論。

他停了下來，將更多烤肉塞進嘴裡，我則等著他咀嚼完畢後繼續說下去，但他接著又舀了一大勺豬肉塞進嘴裡，並餵了我另一口，所以我得多等一下才聽得到更多他的理論。我開始掙扎了起來，豬肉移動的位置錯了，所以崔維斯站起身，輕拍起我的背。他以為我的呼吸有問題，但他搞錯了，所以我在嘴裡塞滿豬肉三明治的狀況下對他低吼起來。他哼了一聲：「對不起喔，天啊。」然後就回到自己的座位上。我沒事了。

二十五分鐘後，我們又討論起在市中心烏克翠唱片行工作的女孩，她有穿眉環，背上刺了一個寇特．柯本[13]的刺青，崔維斯還沒看過，但很想親眼看看。就是她叫他去聽威爾可樂團的。然後我們就又講起了威爾可樂團，老實說，我真的不在乎這個樂團，但要跟崔維斯相處就是這樣，而我其實不介意。我很高興他在這裡，烤肉又很好吃。

13 Kurt Cobain，美國另類搖滾樂團 Nirvana 主唱。

我看著他的雙眼，然後和他對話。

我們先暫停一下好了。如果你和我要一起進行這趟小小的旅行，你就得先搞清楚一件事。你瞧，我不能……嗯，我不能說話。至少不能像你或大部分你認識的人那樣說話。這背後有一個完整的故事，我們之後也有很多時間慢慢說這個故事，但我和崔維斯沒有辦法對話，並不代表我們無法和彼此溝通。我認識崔維斯一輩子了，我們可以不靠言語溝通——有點像雙胞胎那樣，但又沒有那麼詭異。他看著我、我看著他，我們就可以在一個字也不說的狀況下了解彼此的意思。我說的太簡化了，實際上，這比二次元的描述複雜得多。這種事大概就是我說了算。我和我媽也能這樣溝通，過去幾年間，瑪扎妮也已經學會了這個技巧。如果你在現場看到這個過程，你應該無法理解，但在我們之間行得通。所以這點就先順著我的說法吧。

可以嗎？沒問題嗎？你跟得上我了嗎？

好，所以我剛才說到：我看著他的雙眼，然後和他對話。

〔我覺得那個女孩好像每天都會經過我家門口。〕

〔誰？癮君子女孩嗎？〕

〔我不覺得她是癮君子，崔維斯。〕

〔你在唬我嗎？如果你真的覺得是她，我們必須說點什麼才行啊。〕

〔我不確定。但我之前每天都會看見她，但她昨天就沒有出現了，而這個長得像她的

女孩失蹤了，這樣真的很怪，對吧？」

「他媽的超怪。真的他媽的超怪。」

「我該怎麼辦？」

「你想要我打專案電話嗎？我可以幫你打。下課之後。晚一點吧。晚一點？今晚好了。也許今晚吧。」

「我覺得我可能需要提醒你一下。」

「對，你要記得提醒我。」

他用崔維斯式招牌動作聳了聳肩，然後大聲說道：「真是有夠扯。我得去工作了。」他用紙巾幫我擦了擦下巴，把塑膠包裝袋丟進我的垃圾桶，然後將背包背到左肩上。「你媽現在在度假，對吧？」他像往常一樣開啟了新話題。「我媽說等她和她的男寵回來的時候，她會去機場接他們。」

他把最後一塊吐司塞進嘴裡，然後甩了甩鑰匙。「我明天再來，好嗎？我出發的時候會再傳簡訊給你。你還是有用我的專屬鈴聲吧？」

我對他咧開嘴。當然有了。

「而且我們這週末有比賽啦，寶貝。比賽！猛——瑪象！猛——瑪象！」他勝利地舉高雙臂。猛瑪象是他最驕傲的成就，也是我和他最親密的連結。他已經開始倒數自己放出猛瑪象的時刻了。

他問我需不需要上廁所，我搖搖頭拒絕，他便向一旁站開，讓我能夠駕著輪椅進入我的辦公室，來到電腦前。推特的頁面還開著。崔維斯讀著我螢幕上出現的訊息。

@spectrumair　老實說吧　叫你和你的爛航空公司去死　我是說真的　去死一死吧現在就去　#誤點

他彎下腰，在我耳邊低語，像要跟我說什麼悄悄話一樣。「你的工作爛透了，老兄。」

崔維斯的拜訪每次都結束得太快了。

3.

他的名字是莫頓醫生，是由媽媽的小兒科醫師轉介來的神經科醫生，好向她解釋她的兒子出了什麼事，但在那天之後，我媽都只稱呼他為渾球奈德。我甚至不知道他本名是不是真的叫奈德。她也許只是喜歡這名字叫起來的感覺而已。我媽已經講過那天的故事太多次，她已經完全知道什麼時候要停下來等待她想要的反應，每一個笑聲、每一次倒抽一口氣、每一滴眼淚，都能達到最大化的效果。「渾球奈德」每次都會引起聽眾歡呼。

在我因為站不起來而去看醫生後兩週，我媽前往莎拉·布希·林肯衛生中心內部一間悲傷的辦公室和渾球奈德會面，那裡距離小教堂只有三扇門，距離停屍間只有四扇門。渾球奈德專程從香檳區開車下來和我媽見面，並立刻向她道歉，因為他很快就得趕回去，而他來這裡只是為了幫自己認識多年的加勒格醫生一個忙。好像我媽真的在乎一樣，好像這一切和她或她兒子的人生有什麼相關似的。我還坐在我的汽車安全座椅上，繫著安全帶，就坐在加勒格醫生的辦公室裡，咀嚼著一隻會發出啾啾聲的塑膠長頸鹿。

「總之呢。」渾球奈德說。「我來這裡，也是因為大衛得了——」

「丹尼爾。」我媽打斷他。「他的名字叫丹尼爾。」

「對，對不起。丹尼爾。」渾球奈德繼續說，幾乎沒有注意到加勒格醫生和我媽正雙雙怒視著他。「我會來這裡，是因為很遺憾地，丹尼爾的病非常嚴重。」他的「很遺憾」聽起來其實沒有那麼遺憾，也沒那麼感興趣。他說這句話的口氣就像學生在宣誓效忠美國時一樣——這只是你該做的一件事罷了。「我們一開始不知道是什麼狀況，所以我們進行了血液基因檢測，然後做了心電圖和肌酸激酶的測試，都是為了這個。我們得確認清楚。現在我們很確定了。」

然後渾球奈德便引導我媽認識了脊髓性肌肉萎縮症的世界。

這部分他講了很久，但我媽總是會跳過故事的這一段，尤其是當我在場的時候，因為每個聽她說故事的人，通常都已經知道肌肉萎縮症是什麼了。她只會說，她幾乎聽不進他給的任何解釋或描述——「我才不在乎什麼愛爾蘭屁的細節。」這是她的原話，但是四分之一個世紀過去了，我還是不知道愛爾蘭屁和其他屁有什麼區別。她只想知道一件事：「他會好起來嗎？」她一直試著打斷他，想插入這個至關重要、也是唯一重要的問題，但他不斷忽略她，像是堅持學生只能在下課後才能問問題的教授。她再度被一個不願意聽她說話的男人困住了，他甚至沒有注意到她正試著說話，直到認定自己說完了為止。

最後她一拍桌，打翻了加勒格醫生的妻子和三個胖小孩的照片，怒視著他。

「他、會、好、起、來、嗎？」她對他尖聲大叫。

渾球奈德接下來說的話，成了我媽未來二十五年活下去的動力。你可以說她的人生在那一刻，就被切割成了過去和後來。這句話給了她人生的目的，卻又同時毀了她的人生。她再也不是過去的她了。

「喔，這個病恐怕很致命喔。」他說。「丹尼爾罹患的是第二型肌肉萎縮症。他永遠都沒辦法走路了。他永遠都不會是個普通的孩子。你得做好心理準備，面對現實：他隨時都有可能會死。就算一直都有妥善、全面的照顧，他也不太可能活到念高中的歲數。你得好好珍惜他還擁有的每一刻生命。這是個可怕的疾病。很抱歉。這會殺死他。」

我媽抿起嘴唇，嚥了嚥口水。加勒格醫師把手搭在我媽手上，但她把他拍開。她沒有哭。她沒有再拍桌。她沒有尖叫。她只是伸出一隻粗壯結實的手指，指向渾球奈德的臉，然後說：「你可以滾回你香檳區的會議了。我再也不想看到你那張天殺的臉。我只要跟你說一句話：小丹會比你這病懨懨的混蛋活得更久。我跟你保證。」

她抓起我的汽車安全座椅，衝出辦公室，一路放聲咒罵著，使各病房的病患都跑出來一探究竟。她跑出醫院的速度快得讓她撞上了自動門。

「然後我把丹尼爾放上車，坐下來，哭了一個星期。」她每次都用同一句話為故事做結尾。「然後我停了下來。在那之後，我就再也沒哭過。」

4.

身為殘疾人士，最令人煩躁的事情之一，是我總感到有義務讓你覺得自己對我做出的反應沒有關係。

我們都已經習慣你們的反應了。你才是會覺得哪裡怪怪的那個人。雖然要對你的反應特別寬容有點累人，但對我來說，不斷反抗你的反應才更累人。所以我只好自己吞下去了。要求你做出改變應該不算太過分才對，但你顯然辦不到。所以我就盡可能嘗試了。每天都要應付人們的這種反應還不夠。現在我還得想辦法讓你覺得好過一點。

總而言之，我花這麼久的時間才告訴你我有肌肉萎縮症，是有原因的——我喜歡和人透過網路交流其中一個原因，就是這樣我才能盡可能把這段特定的對話延遲得越久越好——但別誤以為我不喜歡回答關於這個疾病的問題囉。當你是殘疾人士時，不論你得的是肌肉萎縮症或是四肢癱瘓，或者只是坐輪椅的普通人，我發現人們最不想問的問題，就是你殘疾的原因。他們會問你天氣、問你當地的體育活動，或者今天狂暴的政治動態，但他們永遠、永遠不會問你那個問題。你就算對著他們的臉大叫：「嘿，如果你按下這個按鈕，輪椅就會變成一台戰艦喔。按按鈕吧，你只需要按按鈕就好了！」他們也還是會試著把話題轉移到貓咪下西洋棋的爆紅影片上。

聽聽坐輪椅的人怎麼說吧：不用坐輪椅的人，都很討厭討論那張輪椅。他們害怕說錯話，所以乾脆什麼都不說，或者……就是說錯話。但這樣也沒關係！我喜歡聊這張輪椅啊！我喜歡人們問我感覺怎麼樣。我喜歡人們注意到還有一個人坐在輪椅上。

我懂。我知道對你們某些人來說，眼睜睜看著某人坐著輪椅，沒辦法移動自己的手指或腳趾，或是無法控制自己身體的任何部位，是一件非常奇怪的事。你不習慣這個畫面，也不知道該怎麼應對。你得花點時間才能確定自己究竟在看什麼，才能理解一具人類軀體究竟能經歷過哪些折磨，然後你又得花點時間才能處理你所有的情緒，你感到悲傷、同情，噢，那股同情，你這可憐的傢伙。為什麼這世界居然會讓孩子經歷這種事？他只是個無辜的孩子啊。真是太沒有人性了，為什麼世上會有這種痛苦呢？但人的學習力是很強的——當我一輩子的時間都看著人們試圖不要盯著我看，卻又忍不住盯著看，然後為自己的瞪視感到罪惡，於是撇開視線，假裝一切都好到不行——我知道要怎麼捕捉從一個陌生人臉上一閃而過的各種情緒。每個人都會這樣，而且老實說，真的沒關係。嗯，其實有關係，只是我現在已經習慣了，也學會不要因此批判你。在你這麼做之前，你甚至不會意識到自己正在這麼做。我知道資訊量有點大。你只是想要走過街道，去買個啤酒、把剩下的獵鷹隊比賽看完，然後咻地一聲，你突然就開始思考，這星球上怎麼會有這麼殘酷的人生，為什麼充滿慈愛的上帝會讓一個人承受這麼劇烈的痛苦。相信我，我懂。

重點是，如果我們要有其他進展，如果我們想繼續說下去——而我真的很想說——那我們最好現在就先和肌肉萎縮症這件事正面對決。我可以給你一整份關於這個疾病的專業檔案，告訴你這是什麼病、有可能會怎麼罹患、得到之後又會怎麼樣，但我不可能猜到所有你想問我的問題。所以現在就丟出來吧。問我。想問什麼都可以。現在就把這件事解決掉吧。我洗耳恭聽。

真的嗎？

真的。

等等，你是說就像這樣？

就是這樣。你已經開始掌握到訣竅啦。你覺得來段知性時間怎麼樣呀？

感覺……很奇怪。我從來沒想過這輩子能有這種機會。我覺得自己好像《玩具總動員（四）》裡的叉奇[14]。

別太習慣了。這只是暫時的。這樣你才能問我一些大膽、突兀的問題。

好吧。我是說，你確定嗎？我不想讓你難過。如果我說了什麼冒犯你的話，請告訴我喔。

老天。

好吧。沒問題。所以，你坐輪椅喔？你一直都坐輪椅嗎？

嗯，我當然不是坐著輪椅出生的。在我確定不可能站起來走路之後，我得想辦法讓自己移動。（而且，我不是被**困在**輪椅上。我只是**使用**輪椅。對你來說可能沒什麼差別，但

14 皮克斯動畫《玩具總動員（四）》中的角色，是小女孩用塑膠叉子創作的玩具。性格天真、充滿好奇心。

對我來說差得多了。）我用的是義大利KSP公司的「空乘」P八〇一E型號輪椅。它真的跑很快——我曾經把時速設定在三十公里。我那時快把我媽嚇死了，但狂飆的感覺超爽的。喔，順帶一提，有個小訣竅：永遠別叫坐輪椅的人慢一點。我們知道自己在幹嘛。我們每天都在用這個東西。你才該慢一點。你們這些人根本不懂怎麼開車。

所以就這樣？你不能走路？肌肉萎縮症會讓你不能走路？

肌肉萎縮症會讓你不能做很多事。讓我們從頭開始說吧。肌肉萎縮症不像癱瘓，不是像摔斷脖子那樣。我們和那些人有一些相似之處——我們的脊椎都毀了，上大號對我們來說都是嚴峻的考驗——但他們通常是外傷造成的，我們則是基因上的缺陷。他們是發生了一些憾事，讓他們再也動彈不得。但我們是天生如此。

肌肉萎縮症的其中一個關鍵要素是，這是**漸進式**的。它不是一件發生了、然後就好不起來的病。它是只會隨著時間惡化的疾病。如果你在跳進淺水游泳池時撞斷了脖子，那確實很糟糕，但你所遇到的挑戰是你得接受這件事——接下來你還能做什麼，還有你不能做什麼。

但肌肉萎縮症不是這樣。我解釋給沒有聽過這個疾病的人聽時，通常會使用這個簡潔版本：你知道所謂的「冰桶挑戰」嗎？一堆名人把冰水倒在自己頭上，拍短片募款？很不錯的活動，對吧？那確實幫助了很多人。那是在幫助漸凍人，就是罹患路．蓋里格氏症的人，這是一種會從內部攻擊成年人的疾病，最後會吞噬整個身體。完全健康的人、美式足球員、消防隊員，不管你是誰，你的大腦都有可能突然停止輸送養分進入你的肌肉，然後你就會開始無法控制自己的肌肉。你們都知道這有多可怕。你們會在頭上倒冰水，然後分享在臉書上。我不會取笑你們的。這確實很有幫助。而且漸凍症真的是個深淵。

嗯，為了讓這個話題簡短結束，我會說肌肉萎縮症就和漸凍症差不多，只是發生在嬰兒身上。這兩種疾病不完全一樣。舉例來說，漸凍症進展的速度快得多。但你得記住一件事，那就是肌肉萎縮症永遠只會惡化。從我媽意識到我的腿撐不住我的體重那一刻開始，我的肌肉萎縮症就開始惡化了。我去年還能做某些事，現在卻做不到了。我十一歲的時候比現在強壯得多。這個疾病每天都會將我吞噬掉一點。

這比我想像的可怕多了。所以你現在什麼部位都動不了嗎？

肌肉萎縮症會從核心出發，然後開始擴散。有點像是混合健身的邪惡版。越接近我胸口、核心的部位，影響就越大。距離我的核心部位越遠的其他地方，會運作得比我剩下的部分來得好。例如我的左手就運作得不錯——我可以用鍵盤，可以拿湯匙，也可以在牆上打手影。但越接近我的中央部位，就越不堪使用了。

我就是靠左手在駕駛輪椅的。過去幾年間，我發現，如果我有一段時間沒有做某件事，我的身體就會忘記怎麼做，然後就這樣，沒戲唱了。因為我的輪椅控制介面是在左邊，我的左手一直都很忙碌，所以它的運作目前幾乎都還正常。但我的右手因為動得沒那麼多，現在幾乎已經失去功能。這是肌肉萎縮症最煩人的部分之一。某一天你醒來時，你會發現：「靠，我好像沒辦法做這件事了。」

你也說過你沒辦法說話。為什麼不能？你能說話嗎？

對，這是另一個問題。我以前可以說出真正的字詞、和人有真正的對話。但在我二十一歲前幾週，我摔下床，扭傷了我的下顎。我的下顎沒斷，但卻怎麼樣都不對勁了，我再也抓不到說話的訣竅了。我還是能說話，但只能說一點點。我說得不好，而且我也沒有自在到能為了讓別人聽懂而把每一句話都重複講三遍。崔維斯、瑪扎妮和我媽能猜出我的意思，但幾乎沒有別人辦得到。安裝在我輪椅上的手機有裝一個聲音產生器，就像史蒂芬·霍金那樣。那是我現在和陌生人說話的唯一方法。好吧，還有被別人怪罪飛機誤點而大吼大叫也算。

所以你只能動左手和嘴巴嗎？

我的腳趾還很活躍。我的腳趾現在就在暴走中。

你自己住嗎？

對。其實沒那麼難。老實說，就我的了解，和我差不多年紀的男生，每天做的事情大多和我一模一樣：瞪著電腦看，然後睡覺。你可以說歷史完全就是為了幫我成就這一刻而努力的。

當然，我會需要一點幫助。瑪扎妮早上和晚上會來，還有一群超級友善的男性醫護會來照料我過夜，他們是某個醫療援助專案花錢請來的專員（但錢少事多），負責在夜晚幫我翻身，因為如果我翻身的方向錯了，我就翻不回來了。（他們也得確認我還有在呼吸。）查理或是某個叫做賴瑞或貝瑞的男人，和我唯一的互動就是跑進我家，把我像片鬆餅般翻面，然後又離開，這行為其實出乎意料地親密。崔維斯一個星期會來找我吃幾次午餐，週末也會來找我玩，但他是我的朋友，不是我的看護。

但人生實在沒那麼複雜。我離開伊利諾州之後就開始自己住了。醫療援助、一點私人保險、還有幾年前的一場意外後崔維斯為我發起的線上募款，就足以負擔我的看護和醫療器材費用。航空公司的工作讓我得以幫我媽負擔房租——大學城環境優秀又便宜。很多孩子（尤其是男孩）會被媽媽捧在手掌心上，片刻不離身。但我媽不斷促使我獨立，而不是坐在那裡，哀嘆自己做不到的一切。我一從伊利諾州的社區大學畢業後——湖地大學加油！——我便告訴她，我想搬來喬治亞州的雅典。崔維斯住在這裡，不過，雖然有個朋友在這裡是一件很棒的事，他卻不是我搬來這裡的原因。這裡的氣候宜人，我也喜歡亞特蘭大，因為這裡有全世界最好的醫院、還有大學球隊（和大學女孩），這裡的音樂也很優秀。此外，在這裡，如果你不想開車，你也可以活得好好的。許多得了肌肉萎縮症的人其實會開車，但誰想要處理那個大麻煩啊？這裡充滿了人行道，還有走路上課的學生。

我不想要一輩子都和媽媽住在一起，而儘管我知道她永遠也不會承認，但不必時時刻刻看著我也讓她快樂多了。她每隔幾個月就會來探望我一次。她以我為傲。我也以她為傲。如果活得下去，我就會活下去了。你預設我獨自生活會很困難——那是你的假設，不是我的。不是每個人都做得到。但我做到了。

這也讓我媽開心很多。她付出了她的時間。她愛我。我也愛她。她一直很注意不要過度幫助我、不要成為那種把早已脫離青春期十年的孩子當作小寶寶對待的肌肉萎縮症患者媽媽。我還小的時候，這對她來說還很難。許多媽媽在得知孩子罹患這種疾病後，便把他們抓得更緊，試著更費勁地控管他們的人生，盡可能地保護他們，因為她們太清楚地知道，她們完全無法保護自己的孩子。但我媽從未這麼對我。在我還有能力推開椅子的時候，她就會讓我自己做。她總是讓我自己進食。「每個人的人生都很難。」她總是這麼說。「你的問題和別人的問題一樣，都是大家各自要面對的問題。」

就是因為這樣，我今天才會是一個更好的人，她也是。我的疾病並沒有拖垮我媽。她現在正在享受照料我的那段時間裡無法享受的好時光。我以她為榮。

你怎麼吃東西呢？

現在，我的頭還可以低到用手來進食，但我得先被架在適當的角度才行。如果瑪扎妮或崔維斯能幫我一點小忙，那就簡單多了。但最終我大概還是得透過鼻胃管進食。那一定感覺糟透了。

呃……那你怎麼上廁所呢？

大多日子裡，恐怕我得靠尿套才行，但那也是個我需要別人幫助才能使用的東西。尿套的用處就跟你想的差不多。他們甚至有出兩公升的超大尺寸。

但你的大腦沒有問題吧？

你說呢。我的腦子在你看來有問題嗎？如果我問你你的大腦有沒有問題，你會有什麼感受？

所以，你只能動左手、腳趾，還有一部分的嘴巴。就這樣嗎？肌肉萎縮症就只會有這些影響？

要是這樣就好囉。記得嗎——這種疾病是漸進式的。它真正的目標是你的肺。這其實滿合理的，對吧？這個疾病專門攻擊你的核心肌肉，而沒有比你的肺臟更珍貴的核心肌肉了。我的肺部肌肉非常虛弱，而且永遠也好不起來。這使我的咳嗽反應也出了問題，意味著我永遠都處於被自己的痰噎死的危機之中。我得說，我希望那不是我最後的死法。如果我發生任何呼吸道問題，我就得對著一台咳嗽輔助器呼吸，而這發生的頻率有點高。我現在把它架了起來，好讓我能自己駕著輪椅過去，把臉埋到呼吸器裡。那其實滿好玩的，感覺就像電動洗車機一樣。

但重點是，一切都有時間限制。你會想要試著忘記倒數計時。但要忘記倒數計時太難了。

脊髓性肌肉萎縮症有四種類型。第一型是最糟糕的：就是剛出生的嬰兒會得的，通常會讓孩子在兩歲左右就死去。肌肉萎縮症是嬰兒致死原因的領頭羊，但我已經度過那一關了。去吃屎吧，第一型。

第三型會比較晚被診斷出來，但它對肺部的影響比較小，可以讓你在長大一些後靠輪椅移動或用支架行走。第四型則好發於成年後，會影響你的手腳，使你最後也許不得不坐輪椅。但坦白說，我見過你們很多人，你們至少有一半的人只差一個小小的醫療失誤，就也要坐輪椅了。這麼說好了，感覺就像是在超市排隊時，我排在你們後面的次數比在你們前面的次數要多得多。

我得的是第二型，也是最常見的一型。這一型大約會在一歲左右時出現徵兆，然後改變一切。你喉嚨裡的任何一小團黏液都有可能殺死你。你摔了一跤，很可能就再也站不起來了。你的身體某一天也許就會告訴你：它受夠了。這件事幾年前就發生在我的一個朋友身上。他當時十九歲，很喜歡打線上遊戲，這在肌肉萎縮症患者群裡是個常見的嗜好。他以前會一直傳一些詭異的「折價券」給我，要我參加某種玩家老鼠會，但他其實是個好人。他的媽媽過度勤奮地照顧他，但這種事還是會發生——就這方面來說，真不是每個人都像我這麼幸運。某一天，他睡著之後，就再也沒醒來了。他用的全是最新型的藥物，他自己和他媽媽都用盡全力照看他，但有一天，他的身體決定認輸，然後就把他送回老家去了。

他算是少數個案之一。大部分肌肉萎縮症第二型的患者都會活到二十幾歲，有些甚至可以活到三十歲。我知道有個男的活到五十幾歲。但你無法保證。倒數計時器一直都在那裡。我現在二十六歲。這樣太老了嗎？我的年齡算是平均值嗎？我是不是隨時都有可能嗝屁？

你的猜測跟我差不多。但我不會坐以待斃。

很抱歉。這部分讓我很難過。

別唬弄你自己了。你也不會永生不死的好嗎。事實上——你也許該走了。知性時間結束啦，叉奇。我得回去工作了。這些飛機可不會自己誤點。

5.

為什麼她會上那個男人的車？（如果那真的是她的話？）

而且那個男人為什麼就這樣載走她了？（什麼樣的人有這種能力啊？）

去年有兩個學生在麥肯快速道路旁的秀泰保齡球館遭人刺殺。當時有個男人在停車場裡胡言亂語，並在他們正要走進保齡球館時上前乞討。其中一個學生試著繞過他，但那男人卻用一把小刀刺中他的下背。另一個學生的反應太慢，而那男人把刀從他朋友身上拔了出來，跳到他身上，然後刺了他的胸口、脖子和臉二十二刀。其中一刀刺中了他的頸動脈，那孩子幾分鐘內就失血過多身亡了。警方出現，可惜還是慢了一步，不過他們制服了那個人。兩個陌生人，在一個隨機的四月午後，在一間隨機的保齡球館的停車場內，突然就這麼死了，沒有任何理由、沒有任何預警。這世界變得太可怕了。我們隨時都生活在懸崖邊緣。這種鳥事隨時都有可能發生。每個街角可能都潛伏著怪物。走在街上時，鋼琴都有可能從天而降。

*

因此有時候你可能連出門都不想了。但你必須出門。我不必告訴你離開家門有多麼重要，而當你失去出門的能力時，屋外的世界又是多麼美好。如果我不小心一點，我有可能會在錯誤的時機點，以錯誤的方式摔下床。每一天，我都很清楚，這種命運很可能隨時降臨。所以我會出門。盡可能地出門。

我家屋外有一個公車站，公車司機有好幾年的經驗（和耐性）接我上車，並載我去任何我想去的地方。我會在平板上打出我要去的目的地，它會用語音報給古斯，也就是那位現在對我非常熟悉的公車司機，然後他就會在到站時停車，放我下去。你以為我喜歡每天窩在我那間雙拼公寓裡嗎？你到底有沒有來過雅典？我剛從伊利諾搬來的時候，每當天氣放晴時，如果我不出門，我就會擔心我「浪費」了好天氣。我花了一個月才意識到，這裡天天都是好天氣。除了七月和八月時，這裡基本上就和太陽的表面一樣熱之外，雅典是全世界最適合散步的地方之一。

星期二，我都和陶德有午餐約會。嗯，午餐和約會這兩個詞都不是很精準，因為我們在午餐約會時，兩人都不會吃東西，也不會說話。我滿確定陶德其實不知道我的名字。星期二是西洋棋桌遊的花磚物語日。西洋棋桌遊是雅典市中心的一間桌遊酒吧簡餐店。他們有賣雞尾酒和三明治，很潮、很文青的那種，酒裡面會加小黃瓜和奇怪的香料，然後你可以在那邊玩桌遊。你只要花五塊美金開桌，就可以開始玩了。有一整個社群的人專門致力於玩那些最複雜的遊戲，像是卡坦島[15]之類的。有些人早上十一點就來了，挑一張桌子坐下後，一路玩某種火龍與城堡的遊戲，直到這間店午夜打烊時才離開。但你不必待這麼久。你也可以和你的五歲小孩來玩一場四子棋。我看過美式足球員跑進來玩Uno，但是配著烈酒玩。（看他們抽四張牌的時候真的太痛苦了。）這是個讓你可以假裝自己回到十五歲的好地方。

陶德每天中午都會出現，點同一款全麥培根烤起司三明治，還有一杯飛行琴酒加冰和萊姆片。他會一邊吃三明治，一邊和大家玩花磚物語。

對常常玩桌遊的人而言，花磚物語是個簡單的遊戲。意思就是：對普通人而言，這遊戲幾乎是極度難懂。但這遊戲有許多花磚、圖樣、分數，有方形、也有三角形……好吧，你已經聽不懂了……但是相信我，這遊戲真的很好玩，對喜歡玩桌遊的人來說也是一大盛事。

每週四晚上，他們都會舉辦盛大的花磚物語巡迴賽，而陶德是眾所皆知的常勝軍。一週的其他時間裡，他則只會坐在酒吧角落，和大家一起玩。他是這裡的傳奇，儘管他幾乎不開口。他會一邊喝琴酒——每次他快喝完時，調酒師就會過去幫他斟滿——一邊玩遊戲，那就是他一天的行程。他身邊會擺一份紐約時報，他會一直看報紙，直到有人來挑戰他，才會把報紙放下。一局遊戲結束後，他就會再拿起來讀。他每週二都會這麼做。沒人

15 Settlers of Catan，德國人克勞斯．托伊伯發明的思考策略桌上遊戲，曾榮獲德國年度最佳遊戲大賞及德國玩家票選最佳遊戲第一名。

知道他住在哪裡、做什麼工作，或是他哪來的錢喝琴酒和吃三明治。他就只是打牌、讀報和喝酒。這就是他的人生。你問他為什麼要這麼做？人們有什麼理由做任何事嗎？

所以每個星期二，我都會去西洋棋桌遊吃午餐、和陶德玩。因為我愛這個遊戲，而總有一天，我要打敗那個混蛋。雖然我還沒有贏過。每次我都想好一個絕佳的計策和花樣，但陶德總會默默地布好局，一舉破壞我的計謀。他總是會領先我三、四步。而我完全沒有在考慮他的棋步。所以我就輸了。

他在打敗我後會發出的輕哼聲——那是一種完全鄙夷的哼聲，像是在說這根本連一場對戰都稱不上，總是會提醒我自己有多遜——每次都會讓我覺得他打從心底瞧不起我、也不稀罕。但我其實滿喜歡的。雖然我需要花很久的時間，又需要輸入指令讓他幫我移動花磚，他卻完全不在乎，也總是很有耐心，而且他顯然沒有對我產生任何同情。一天有好幾十個人來挑戰陶德，但儘管和我玩需要花上兩倍的時間，他卻用和對待其他人同樣的方式對我。我很感謝他。

一點三十分，我在光譜航空的早班工作就結束了，午餐的人潮也大致散去，所以陶德通常都有空。他們總是會在我的桌上擺一個托盤，靠近我的頭部，讓我可以用吸管喝水。（我喜歡有身體自主權的感覺，但在一間餐廳靠自己吃飯基本上是不可能的任務，所以我總是吃飽才會來。）

陶德就像面對其他人那樣，頭也不抬，只是輕輕點了點頭，表示我可以上場，然後我們就開打了。

我深受陶德吸引。這個男人可以用任何方式和這世界互動。他可以和人並肩而行，他可以和人對話，他可以咒罵他人，或是說服人們和他上床，或在街上裸奔。他可以結婚、可以離婚，他可以在家打電動，也可以在全身抹上花生醬。他可以去西班牙，可以抽一大堆鴉片，也可以開創自己的邪教。他可以丟健怡可樂瓶雜耍，可以在屋頂上對路人開槍。他什麼事都能做，隨時都能做。但他選擇了這裡。他選擇坐在這裡，喝著酒，擺著臭臉玩花磚物語，一個字都不和別人說。他選擇待在這裡。

他拿起自己的第一塊花磚。我拿起我的。我在中間那排看見一串會讓我得分的藍色磚塊，然後就能排出下面的紅磚，如果我可以掌握好那些綠磚，我也許就能夠完成那一行的花色，然後……然後十四分鐘後，我就輸了。

我對他發出一陣輕微的噺聲，希望聽起來像是幹得好，謝了，但我想我失敗了，接著就發生了一件不尋常的事。陶德站了起來，走過桌子，在我的輪椅旁跪下，嘴唇靠向我的耳邊。他身上帶著尼古丁和貓尿的味道。這是怎麼回事？

「你人太好了。」他說。他聽起來像皮克斯電影裡的反派。但他的聲音中帶有一絲暖意。他正試著幫助我。「每個人都在試著毀滅你。但別忘了要做個好人。」

他轉過頭，面對我。

「保持善良，孩子。沒有人料想得到。」

他輕輕點了點我的左臉，對我露出微笑和一口亂糟糟的黃牙，然後回到座位上，繼續喝起他的琴酒。

我瞪視著他好一陣子。他又開始看報紙了。好像我已經不在現場了一樣。

我和陶德玩桌遊玩了兩年，他從沒說過一個字，然後現在卻這樣。我一直看著他，想要搞清楚，但他已經準備好打下一場遊戲了。一個孩子站在我身後，輕聲說了一句：「先生。」是時候讓陶德展開下一輪對戰了。我把輪椅向後推，不小心打翻了玻璃水杯，玻璃在地上裂成碎片。我發出一聲驚叫，一位員工便立刻趕了過來，收拾地上的一片狼籍。我很快地在平板上打出「對不起」，員工則說沒關係。陶德頭也不抬。

沒有人料想得到。

我在光譜航空的工作從下午三點開始。我最近開始意識到，我之所以每週都能安排桌遊之旅，是多虧陶德每次都很快打敗我——以輸家主義的心態，至少可以這麼說。我駕著輪椅來到西洋棋桌遊的大門，好前往街角等下一班公車，然後我就撞上了某個人。要用輪椅撞到人其實很難。人們看到你的那一刻，基本上都會閃得遠遠的，有個男的有一次還直接跳到馬路上。我通常不會太擔心這件事。但是我就這麼撞上了這位小姐。我的速度確實比平常快了一點，但她就像個美式足球線衛一樣。她沒有被我撼動一絲一毫。她就像踩著彈簧高蹺般往前猛衝。

有那麼一刻，她看起來有點困惑，然後她立刻略過我，往西洋棋桌遊店的大門跑去。我意識到她還有三個朋友在身邊，都和她一樣是亞洲人，然後我的潛意識突然認出了她們。她們全都看起來疲憊又沮喪，卻又十分堅定。其中兩個女人抱著裝滿紙張的紙箱。另一個則拿著一捲膠帶和黑色奇異筆。

我撞上的女人手裡拿著一張紙，抓起膠帶，然後回到門前。我一開始還看不懂她要做什麼，但我隨即就發現了。她是要張貼告示。

我瞪視著那張告示，花了一點時間。但這不應該花我多少時間的，我通常很擅長察言觀色。由於跟人說話對我來說太費時，人們通常不和我說話，這讓我有餘裕可以好好觀察他們。其中一個優勢是，我可以大大方方地盯著某個人看很久，甚至不會有人注意到。這會使我牢牢記住對方的臉，不管我想不想都一樣。

我花了一點時間才確定，那就是她。首先，那張照片裡的時間並不是早上七點二十二分。照片中是晚上。她站在某個懸崖邊緣，背著那個藍色的後背包，黑髮清爽地剪到耳下的長度。她戴著眼鏡，很大很大的一副眼鏡，看起來像是八〇年代的電影裡爸爸會戴的那種眼鏡。她的雙手舉在半空中，像是在宣告達陣，或是昭告天下自己剛贏得一場比賽。她掛著微笑。燦爛的微笑。她的微笑讓她看起來像是全世界最快樂的人。她的微笑……就和那天她對我露出的微笑一樣。

我看見的那個上車的女孩，就是劉愛欽。

6.

我覺得我就要在輪椅中原地爆炸了。我覺得全身像有火在燒。我回頭看著被我撞上的那個拿著傳單的女孩。她是她朋友！她必須知道！但她已經走了。她去哪了？

當我把輪椅轉過來時，一小群人正瞪視著我。挺合理的。我剛撞上一個小姐，然後轉過輪椅瞪著桌遊咖啡店的大門，從頭到尾還不斷發出低哼聲。換作是我，我也會盯著看。

我試著和某個張著嘴看我的人視線相交。他又高又瘦，比四周包圍我的大學生老了許多。他戴著一頂西洋棋桌遊的帽子。他在這裡工作！他是權威人物！我開始咕噥著，噴了一點口水，試著吸引他的注意力，讓他知道我有話要跟他說。他靠向我。我開始瘋狂在平板上打字，然後按下「語音」鍵。

「女孩。」

「傳單。」

「在哪裡？」

人們總是很意外我的語音聽起來不像史蒂芬・霍金。我的是一個親切、微微帶著英國口音的男人聲音。有點像機器版本又做作一點的柯林・弗斯。廠商有預設幾個選項，而我喜歡那微微的英國腔帶來的成熟氛圍。

西洋棋桌遊店的工作人員呆滯地看著我。我用微英國腔的電腦語音又說了一次。

「女孩。」

「傳單。」

「在哪裡？」

最後他終於知道我在說什麼了。「噢，對不起。」他說，一手把玩著一杯咖啡，另一手撥弄著一疊紙。「我想她去瓦特街四十號了。」我試著對他點點頭，然後把輪椅轉了一圈。我得追上她。

＊

瓦特街四十號俱樂部是雅典著名的音樂俱樂部，就在西洋棋桌遊店的對面。它是全球最有影響力的搖滾俱樂部之一——R. E. M.[16]樂團基本上就是在這裡誕生的，超脫樂團在一九九一年十月的爆炸前一晚也在這裡演唱過——但在白天，這裡看起來就像一間廢棄的店鋪。西洋棋桌遊和瓦特街四十號之間沒有行人穿越道，所以我得駛到街角等紅綠燈。儘管如此，我還是得小心，以免有不看路的大學屁孩只顧著滑手機、不小心闖了紅燈，然後害我和我的輪椅只能支離破碎地散落在造物釀造廠[17]門前。我等啊、等啊、等啊，終於輪到

16 一九八〇年代於美國喬治亞州雅典成立的另類搖滾樂團，於二〇〇七年入選搖滾名人堂。
17 Creature Comforts brewery，美國喬治亞州雅典的一家精釀啤酒廠。

我加速了，衝啊、衝啊、衝啊。

我向左急轉，差點翻車，朝瓦特街四十號前進。一個男人在我飛也似地駛過時驚叫一聲，對我大喊了一句我最討厭的「慢一點啦！」。我來到瓦特街四十號門前。傳單就貼在牆上，隔壁的小餐館門上也有。但那位中國女孩和她的朋友們已經不在了。我旋轉輪椅，向左、向右，但遍尋不著他們。我看起來一定很荒謬：一個流著口水的孩子咕噥著，在博德街人行道上三百六十度旋轉。他們大概以為我的輪椅故障了吧。不知道我持續這樣多久，才會有人跑上前幫我。我敢打賭要好一會。我暗自在心中記下，之後要找時間來玩一次。我應該要開一個屬於我的整人節目才對。

她走了。她的朋友們也走了。我不知道她們去哪了。我得告訴她們。她們必須知道，我有看到她。**女孩。傳單。在哪裡。**

我這樣是找不到她們的。我駛向街角，準備等公車回家。

7.

我回家了。我上車時，古斯說我看起來「像是養了一隻鬼一樣的狗」。我不知道那是什麼意思。但我猜應該不太好。

今天的工作很輕鬆。星期二的光譜航空推特通常沒有什麼新鮮事。真正的大騷動這週五才會出現，因為全美國南部都會分頭前往光譜航空飛航範圍內的各個大學美式足球場。當大學美式足球粉絲被困在機場、無法舉辦看球派對時，他們能達到的憤怒等級可不是凡人能及。而在秋季，我每週五晚上和星期六早上都要面對這些人。

喔，我現在才發現，你應該很好奇我是怎麼打字的。其實很簡單，簡單到你會覺得你的好奇很愚蠢。我有一顆小球，可以把滑鼠游標移動到一個特殊鍵盤上，讓我點擊字母。就只是一顆滑鼠，跟你的滑鼠用途一樣。我現在手速超快——我可以在玩《太空侵略者》[18]的時候把你殺得頭破血流。

晚餐過後，瑪扎妮就來了。她知道有什麼事不太對勁。她什麼都沒說，但她做的每件事都比平常慢了一、兩秒，好像她在猶豫什麼，好像她在等我。她比平常更認真地梳了我

18 Space Invaders，為日本太東公司於一九七八年在美國發行的遊戲。其他遊戲公司紛紛跟隨其遊戲角色與玩法設計，台灣對暱稱這類遊戲為「小蜜蜂」。

的頭髮，餵我吃晚餐時，看著我的時間比平常長了一點，當我迴避她的目光時，她便對我聳起一邊的眉毛。她太瞭解我了。她也知道我準備好要跟她說時，我就會說了。但我還沒有要告訴她這件事。我太累了。

她無聲地清理完廚房，將我推到浴室，開始為我脫衣。我們昨晚才洗過頭，所以今天的速度快得多，然後她幫我穿上一套舊金山四九人[19]的睡衣。我不知道我為什麼會有四九人隊的睡衣。我甚至連加州都沒去過。瑪扎妮的效率很高，整個過程只需要花她十五分鐘。但今天她用了二十分鐘。

我忍不住一直想那張傳單。瑪扎妮仍期待著，嘆息了一聲，告訴我在睡覺前還有十五分鐘的時間。我對自己的生存能力很自豪，而且我是個二十六歲的成年男子，所以儘管我完全理解這是必要的——畢竟我沒辦法自己上床——但每天晚上的這一刻，當我意識到有個人可以為我訂下上床時間（雖然這個人完全是為我的安危著想），而我只能乖乖聽話時，我都會感到特別沮喪。

一如往常，我選擇用這十五分鐘來上網。我打開論壇，關於愛欽的討論串越來越熱烈了。我看了很長一段時間。

我應該要提醒崔維斯打專案電話的。我很確定他忘記了。忘記要遵守基本的指示，是崔維斯最具代表性的人格特質。我可以現在去吵他，但我只有十五分鐘。你猜怎麼樣？我

19 美國國家美式足球聯盟球隊。

可以自己處理這件事，謝了。

這是我人生中的第一次。我打開了一個新的網頁，準備貼文。

我打了這段話：

我住在五點區，也許是我搞錯了，但我很確定我每天都會看到愛欽經過我這條街。我想我在她消失的那天也有看到她。我覺得那是她。我不是很確定。但我知道她住在附近，顯然她那天早上也有課，我想我有看到她。我想我看見她上了一輛土黃色的大黃蜂。有人看得懂我在說什麼嗎？

又或許我只是瘋了，讓這一切變得更令人困惑。

但我只是覺得我該說出我的所見所聞，所以我現在說了。

我的游標在「張貼」鍵上游移了五分鐘，直到瑪扎妮告訴我睡覺時間到了。於是我按下「張貼」，關掉電腦，試著入睡。我該說點什麼的。對吧？

星期三

8.

瑪扎妮的主要工作是看著人們死去。這不是她唯一的工作，但就像她之前告訴我的那樣：「這是唯一重要的一個。」瑪扎妮幫人打掃、做飯、拖地、穿衣、洗澡，為更有錢、皮膚更白的人做牛做馬，那些人每天都會見到她，卻對她視而不見。瑪扎妮知道，「在某個人死前陪伴著他，是全天下唯一重要的事」。

在我們兩人還完全不了解彼此的那段時間裡的某次空閒時刻，瑪扎妮這麼和我說過。那是幾年前的事，當時她其實正在幫我洗澡。那時我還能把話說得好一點，還能堅持自己洗肚子、老二和蛋蛋，還能在這些事情上保有一點自己的尊嚴，還有本錢認為尊嚴這類的事情很重要。當時死亡還離我很遙遠，所以我還能像討論假設性話題般和她談論這件事，就像你能和某個還沒有要死的人討論死亡那樣。當死亡還不是你的鄰居時，要提起它就簡單多了，而當時我距離死亡還很遙遠。在過去這幾年間，再也沒有人和我討論死亡了，這也許是件值得注意一下的事。

瑪扎妮當時比較年輕、比較瘦，也比較會笑。她會坦白而快樂地說她兒子的事，那時他才十二歲，現在應該已經要高中畢業了，不過我也只能用猜的——她已經好幾年沒有提到他了。我只知道他還沒死，因為如果她兒子真的死了，就算是瑪扎妮也會請一天假，而她開始在我這裡工作後，還沒有缺席過一天。這幾年以來，她變得強硬了一些，並且更理解我的沉默，我們的溝通方式變成使用一系列的哼聲、點頭和搖頭，這是專屬於我們的、最有效率的語言。我們看著彼此就能溝通，就像我和崔維斯那樣。在我成年後的大部分日子裡，都有她在戳刺我、抬起我、翻動我、移動我、幫我擦洗和幫我按摩。我們能夠讀出對方的心思並作出反應，就像一對舞蹈家，我們了解對方的每一個震顫，知道這代表什麼，也知道下一步要做什麼。沒有人能像瑪扎妮這麼了解我，儘管我還是不太確定她到底喜不喜歡我。嗯，她喜歡我，或者至少她沒有不喜歡我。她友善又溫柔。她很照顧我，讓我過得舒適，每次在我有需要的時候都會幫我，她的努力也許完全超過職權所需。

但如果我的醫療補助不再付費給瑪扎妮，她就不會再來了，而我大概再也不會見到她。她會去做別的工作，而我會死在這間屋子裡，渾身惡臭、長滿蝨子、孤獨一人。我知道，更重要的是，她也知道。她做這一行做得夠久了，她知道她得想辦法把自己和客戶切割開來，不論你有多在乎，也不論你有多不在乎。她照顧過將死的人，以後也還會繼續。如果你無法管理好自己的情緒，你要怎麼做這份工作呢？

但三、四年前，瑪扎妮還沒有這麼擅長這樣做。她還是會感到好奇，也還沒有抱持著理論上在我身邊時該有的戒心。她當時只是在和我找話題閒聊。這在我身邊經常發生：人們和我在一起的時候，總是好愛講話。下次你和另一人共處一室時（只有另一個人的時候），試試看這個實驗：在十五分鐘內，什麼都別說。第三分鐘的時候，和你共處一室的那個人就會開始隨便說話，**什麼都好**，只要能用聲音填補四周空洞的氣氛就好。所以和我在一起時，人們就會一直說個不停、說個不停、說個不停。他們說的是兩人份的話。一定要有人說點什麼來填滿周圍的空氣。

當時她還不習慣我的沉默，或者應該說，她還不習慣我那種除了「噢」、「好吃」、或「更多」以外什麼都不說的狀態，所以她會說話。她告訴我她的祖籍（巴基斯坦）、她的婚姻狀態（已婚）、還有她在雅典市生活了兩年後有什麼感想（這裡的丘陵太多，她沒辦法騎腳踏車）。這些話題在後來的四年之間，好像再也沒有出現過第二次，至少最近都沒有。那是她唯一一次提供資訊。人們總是會說個不停。

然後她告訴我自己靠什麼維生。她的人生有四分之一的時間都在做奇怪的工作，她來者不拒，成為斜槓經濟中的一員。她幫清潔隊工作，幫大學在體育活動結束後撿垃圾，甚至在學年期間去傑森餐館當服務生。她讓自己保持忙碌，現在她兒子整天都在學校，她告訴我她試著竭盡所能地賺錢；她老公在市中心的一家餐廳工作（現在不知道還有沒有？）。

但她最主要的工作，是照顧將死之人。她不是護理師，她和我解說道，但如果有需要的話，她也可以做基本的醫療護理。這份工作的重點並不是那種照顧。

「重點是陪伴他們，在他們最……真實的時候？」她邊幫浴缸裡的我擦背，一邊說。「就是那個詞。人們在快死的時候都是最真實的，你知道嗎？」

我哼了一聲：「對……」雖然不盡然是因為同意，而是基於某種聽陌生人說話時的義務。有時候人們需要你提醒他們一下，你還在場。

「看見他們最後的樣子，看見他們最真實的樣子，是很幸運的一件事。」她說，而我不知道她是不是和每個人都這樣說，或者只是因為我沒辦法反駁她。「這是個恩賜。所以這是我的工作。我的恩賜就是我的工作。我很幸運。」然後她咳嗽了一下，離開房間，又再度出現，然後送我上床睡覺。

她後來再也不和我提照顧將死之人的事了。她就那樣封閉了起來。我不知道那天稍早是不是有人過世了，而她還沒有從那件事中走出來。然後她突然意識到，輪到我了。是時候換我讓她幸運了。

我現在還是每天都會想到那段對話。

她來我家，做好她的工作，對我微笑，對我友善，向我告別，然後離開。她的舉止帶著善意，她的工作也帶著樂趣。但這只是工作。我很感謝她。我很愛她。我需要她。我想她也需要我。只是感覺應該還要有更多東西才對。也許沒有更多其他的東西，都是我的錯。

她還在這裡。她比任何人都和我更親近。但她有比我了解她更了解我嗎？她在回家之後就會把我拋諸腦後了嗎？這是她的工作。這是她所做的一切、她給我的一切。瑪扎妮是我的生活中心。但我卻祈禱，當我離世時，她不要想念我。

9.

我醒了。一如每個早晨，瑪扎妮已經來了。「有人留了字條給你，丹尼爾。」她邊說邊把我架起來，解開我的睡衣鈕扣，然後幫我擦臉。「是查理，你應該讀一下。」

機構派遣過來每晚替我翻身的看護中，查理是我唯一一個記得名字的人。他會幫我清潔，並確保我還在呼吸。我很喜歡查理。查理其實是史黛西．艾布拉姆斯的遠房親戚，她去年參選喬治亞州的州長，還差點就選贏了。我的輪椅後方還貼著艾布拉姆斯的競選貼紙，查理開口閉口都是這件事。他只見過她幾次，他說她是個好人。二〇一八年選舉那天，他其實還提早到我這裡，和我一起看開票——「你有有線電視吧。」他說。那天晚上，他幾乎整晚都在大吼大叫，讓我睡不著覺。我和他一起看完了最終結果。艾布拉姆斯選輸的時候，他還哭了。查理是個很酷的人。

查理負責的是星期二、星期三、星期四、星期五和星期六，而另一個人——一個我永遠也記不住名字的瘦弱白小子，哈利？法蘭克？應該是法蘭克吧？還是哈利——負責星期日和星期一。他們共用同一把鑰匙，他們會自己開門進來，離開時再鎖門——至少我希望他們有鎖。對我來說，這兩個人只是在半夜出現的暗影，只是帶著沉重呼吸的鬼魅，會默默幫我翻身、替我清潔。如果我醒來了，就代表他們當晚的工作表現不佳。他們總是會在半夜兩點左右躡手躡腳地從後門進來，確認我的狀態，然後再從後門躡手躡腳地離開。他們存在的目的只是為了確保我可以活過週末，而在光天化日之下，我就認不出他們了。我不知道他們實際領了多少錢，但肯定不夠多。

瑪扎妮洗手準備做早餐，一邊把字條唸給我聽。

丹尼爾，你昨晚忘了關電腦。我幫你關機了，讓你比較好睡覺，但我保證我什麼都沒看。你該更小心一點，我大可偷走你所有的信用卡資訊，然後逃去巴哈馬。我現在搞不好都在半路上了。

——查理

「他真是幽默。」瑪扎妮說著，不知怎麼地同時一邊炒蛋、拖地和轉電視台。「我幾年前和他在醫院共事過。他人很好。他有四個漂亮的小子，老婆總是很擔心他整晚在外。」她把我放在輪椅上，繫好安全帶，然後將我推到桌子前。「對不起，我想昨晚是我忘了幫你關掉電腦。但他說得對，你得更小心使用自己的電腦。這很傷眼睛。」

瑪扎妮總是在很無用的方面擔心我的健康。她在照顧的可是一個身體隨時都在萎縮的人，但我們的對話總有一大部分圍繞著某些小小的疾病。這些小毛病對我來說根本微不足道。對，瑪扎妮，我們該好好學習怎麼使用牙線。上星期，我的其中一隻襪子破了一個洞，她花了整整五分鐘教育我凍傷的嚴重性。現在是十月。我們在喬治亞州耶。

我對她點了點頭，挑起一邊的眉毛——崔維斯將這個動作稱之為「格魯喬之眉」[20]——然後她笑了起來，我才意識到瑪扎妮今天早上的心情出奇地好。這讓我也很開心。

我做的第一件事就是用電腦。瑪扎妮讓我坐好、清理乾淨、梳洗完畢、穿好衣服之後，我便發出哼聲，開始朝電腦的方向晃動，那裡、那裡，**那裡那裡那裡**。

「你根本電腦成癮了。」她邊說邊將我擺在椅子上。「早餐前，你只有十分鐘。小心別把你的腦子毀了喔。」

我大半個晚上都在思考我發布的那篇貼文。如果愛欽的朋友看到了，以為我還有更多資訊怎麼辦？如果我給了她們太多希望怎麼辦？這樣會不會太殘酷？如果那不是她怎麼辦？

當你一個人被困在屋子裡時，晚上實在很難不想太多。沒有人能分散我的注意力，或是讓我把心思花在別的地方。我們每天都做出許多不經大腦、直覺行事的小事，通常只有在夜深人靜時，才會開始思考這些事帶來的延伸影響。也許這就是我們花這麼多時間避免寧靜時光的原因。但我什麼沒有，擁有最多的就是寧靜與獨處的時光。

警察會做好他們的工作的。我會請崔維斯幫我打電話。也許這種散佈網路謠言的方式對任何人都沒有好處。它會給人希望，又會奪走希望，卻沒辦法帶來任何真正的幫助。感

20 譯註：Groucho 是美國喜劇大師，眉毛是他的招牌特色之一。

覺煞有其事，但其實什麼都不是。

也許我該在這篇貼文讓別人陷入無比深淵之前，先把它刪掉。網頁還開著。我的貼文就躺在那裡，瞪視著我，對我比著無形的中指。去你的，貼文。你是懦弱的那個我幹的好事。今天的我堅強多了。

我深吸一口氣，按下重新整理。這引發了我輕微的氣喘，使瑪扎妮衝進來安撫我，等我終於平靜下來，她就把我推到廚房吃早餐。她餵我吃葡萄柚時，我的視線在房裡四處打量。某一刻，我心不在焉地將頭往左邊一甩，把她手中的湯匙撞飛了，果汁順著我的下巴流下。

「丹尼爾！」她向後跳開，好像我打算要咬她一樣。「你今天是怎麼了？」我的頭向後一擺，指向電腦。她的肩膀垮了下來，皺起眉頭。她看著我，好像我剛才對她說了什麼恐怖的話。

「你這樣很討厭喔，丹尼爾。那東西把你變成一個壞心眼的機器人了。」

我再度擺頭。

「很壞、很壞的機器人。」她邊說邊把我推回房間裡。她看著我。

我看著她的雙眼，和她對話。就和跟崔維斯說話的方式一樣，也許沒有那麼進階，但她在過去兩年裡學得非常快。

〔怎樣？〕

﹇我午餐時間會再回來，丹尼爾。如果你還是坐在電腦前，我可能就要把你丟出窗外了。﹈

﹇你剛才在開玩笑嗎？﹈

﹇對。你喜歡嗎？﹈

﹇喜歡。現在請你讓我用電腦吧。﹈

我露出微笑，她也對我微笑，然後我們就沒事了。現在她只需要滾出我的房間，讓我把那篇該死的貼文刪掉就好。

我終於按下重新整理。

那篇文章還在那裡……沒人在意。沒有人回應，更好的是，論壇會員們都給了這篇貼文負評，還有人給我「大便」表情符號。希望你出門的次數比我多一點，你就不會知道這種論壇是怎麼運作的。但基本上，當有人給貼文負評的時候，這篇貼文就會被洗到下面，更不會有人看見它。論壇會員們的身分則有待商榷，許多人創建帳號的目的只是為了一次性貼文，像是詐騙集團、網路機器人，或只是某個想要推銷產品，而完全無視社群公約的混蛋。我在論壇上潛水了很多年，從來沒有發過任何貼文。我把論壇、推特，或者是那些人們聚集起來對彼此大呼小叫的地方都看做魚缸，或是水族館——這些地方有自成一格的生態系統，有趣得不會被我尷尬又笨手笨腳的舉動攪亂。如果你想要成為其中一員，這些魚兒就變了，他們改變自己的模樣，就只是因為你出現了。我可不想成為任何一個團體的成員。那些地方很適合偶爾拜訪一下，但我不會想要住在那裡，你懂我的意思吧。

但我打破了自己的守則。我把手指伸進了魚缸裡。現在這些魚兒都在給我負評。

他們幫了我一個大忙。他們確保沒什麼人能看到我犯的錯。我把貼文刪除後，立刻就覺得好多了。打給警察吧。讓他們做該做的工作吧。等崔維斯過來之後，我們下午可有得忙了呢。

10.

我能用網路上班是件很幸運的事。對，人們動不動就叫我混蛋殭屍，但能整天上網簡直就是我夢想中的工作。我使用網路的經驗和你的不一樣。我把網路當成我的偽裝。只有在這裡，人們才不會把我視為怪物或某個需要同情的慈善個案。人們看不見我，所以他們沒辦法對我差別待遇。我和所有人一樣，都只是網路上的一個混蛋罷了。

在網路上——尤其是推特，這是一款專門為了讓人們對彼此粗暴無禮而發明的程式——沒有人知道自己該保持善良，或是該禮貌地忽視我。所以他們不友善，也不會忽視我。我只需要在推特上說一句「我覺得我不喜歡淘氣阿甘[21]的新專輯耶」，人們就會開始攻擊我，說我是白痴，說我種族歧視，說千禧世代就是一群慵懶的豬，說我爛透了。所以我在推特的大頭照只是一張臉部近拍的照片，我看起來就像其他愚蠢的孩子一樣面帶微笑。如果我放的是自己坐輪椅的照片，他們就會很小心地教訓我，或者只會開一堆「殘障」玩笑。但他們不知道我有肌肉萎縮症，或是我和他們有哪裡不一樣。我只是另一個需要被他們處理掉的匿名小混帳。

---

21 Childish Gambino，本名唐納．葛洛佛，是一位美國演員、編劇、導演、饒舌歌手和音樂製作人。

我寧可有人討厭我，也不要他們為我感到難過。你不也是嗎？任何人不都是這樣嗎？

＊

我知道我說要讓警察來處理。但在網路上刺探一下總是無傷大雅吧。看了越多關於愛欽的事，我就越想知道更多。

她在網路上的資料很少。她有IG帳號，但她只發過兩篇文：八月時，她貼了一張沒有對焦的醜貓照片；兩星期前，她又貼了一張鳥停在某間屋子的籬笆上的照片，照片中的房子就在我家這條街上。看得出來她努力在精進自己的英文：她在照片下方用英文寫了一句註腳：「這隻漂亮的鳥是我的早晨好朋友。」照片下有許多中文的留言，還有三十四個讚。

就我所知，她沒有用臉書，也沒有推特，但話說回來，「劉」這個姓氏在推特上根本不是個有效的篩選標準。我能找到她的地方只有她的學生檔案和新聞報導，這種認識他人的方式實在太像一九九〇年代了。

我繼續進行著早晨例行公事。瑪扎妮幫助我坐好，並幫我洗頭、洗脖子和肩膀。她討厭我打赤膊睡覺——她說這樣只會害她得多洗幾次床單——但這樣我確實替她省去了每天早上幫我脫掉汗濕睡衣的困擾。過去幾年間，我睡覺的時候，脖子周遭就會出現一片白色的薄膜，幾乎像是黴菌。我不知道那是什麼，而且老實說，我也不敢知道。感謝老天，儘管瑪扎妮每天都會幫我把它擦掉，她也從來沒有和我提起過。

她在我身上套了一件上衣，並在我呻吟時道了一聲歉，但她其實不用道歉。我的手臂太少移動了，所以當一大早有人把它們舉過我的頭頂時，我都會覺得自己像快溺死或是被分屍一樣，但那不是她的錯。你可不能每天打著赤膊在街上閒晃，就算在喬治亞州也一樣。

她把我放到輪椅上，把我推進廚房裡。她今天的動作有點笨拙，好像在趕時間似的。我好奇地看了她幾眼，但她似乎沒有注意到。她只是把營養穀片塞進我嘴裡，然後把桌子擦乾淨。夜間看護似乎留了一瓶啤酒在我的流理台上，瑪扎妮會要他付出代價的。

我想著我從文章上看到的各種關於愛欽的資訊。

她十九歲。

她在中國出生長大。

她兩個月前才來到學校。

她在喬治亞州立大學讀獸醫系。我們的獸醫系很優秀。

除了瑪麗莎．賴之外她在這裡沒有認識的人。她會認識瑪麗莎，也是因為他們兩家人在中國認識。

她對喬治亞州、校園，或甚至是美國，都一無所知。也許她在雅典最親近的朋友之一，就是一個每天都默默看著她的殘障男子。她確實有向他打過一次招呼。

她的英文講得斷斷續續。

兩天前，她才走過我家那條街道。

她走過我家那條街道的時候，上了一輛土黃色的大黃蜂。

在那之後，就沒有人看過她了。

啊啊啊啊啊啊啊。是我在叫。瑪扎妮剛才梳我的頭髮時梳得太用力了，讓我放聲大叫。「對不起。」

「崔維斯什麼時候要過來？」她說。但在她來得及對他作出任何批評之前，他就蹦蹦跳跳地衝進了大門。

「嗨，瑪姐。」他邊說邊從瑪扎妮手中拿走一根香蕉，塞進嘴裡。瑪扎妮恨死別人叫她瑪姐，崔維斯也知道，所以他才偏要這麼叫她。我懷疑她其實默默地很喜歡。瑪扎妮學會讓自己在任何地方都彷彿隱形一般，也已經習慣這種狀態了。崔維斯本能地意識到這件事，所以拒絕讓她隱形，這快把她逼瘋了，卻也讓她露出的笑容比我看到的任何時刻都多。

「我的寶貝女孩今天怎麼樣啊？」他邊說邊在廚房桌邊坐下。他的背包、手機、平板和耳機，還有其他不知名的物品，扔得到處都是。他怎麼有辦法帶著這麼多東西到處跑？現代生活把大家都變成騾子了。

「我要遲到了，崔維斯，你把這裡搞得一團亂。」她邊說，邊把崔維斯的垃圾家當堆成整齊的一疊，輕放在沙發上。「我今天還有很多這間屋子以外的工作要做。」瑪扎妮對每個人講話都這樣，但只有對崔維斯時，她的語調裡帶了點歡快的氣息。不久前，我才意識到，瑪扎妮從來不期待從任何人身上得到情感回應。她太忙，也太有效率，所以她從不要求任何人除了實話實說以外給她別的東西。崔維斯是例外。她喜歡他對她耍白痴，因為從來沒有人這樣對待她。

「嗯，我們當然不打算耽誤你當職業刺客的兼職囉。」他說。「我不在的時候，你做的就是這個，對吧？受僱默默地幹掉別人？」

我咯咯笑著，瑪扎妮則用擦流理臺的抹布打他的手臂。「再說了，我們有一整個早上的時間，沒錯吧？」週三時，崔維斯通常早上就會出現，我們在午餐前會在社區裡散步幾個小時，我在一旁駕著輪椅，他則說個不停、說個不停、說個不停。他稱自己是我的「教練」，而這些散步時段則是我的「學習時間」，但他就只是散兩個小時的步，然後我每隔幾分鐘就要停下來，讓他幫我伸展雙腿。這是我一週裡最棒的時光。

但今天很特別。這週是比賽週，代表紅袍樂隊[22]會在校內場地排練，而我們必須鋪好野餐墊，邊聽他們演奏，邊看孩子們在一旁丟美式足球、試著把對手撲倒。崔維斯每次都會在我們出發前先讓自己嗨起來，等我們抵達，就會對一切照單全收。他通常會睡著，除非他相中某個漂亮女孩。那是最棒的一幕。

所以今天的拜訪時間很短。但我有個任務要交給崔維斯。

瑪扎妮收拾好自己的東西，然後離開了——不過崔維斯在她出門之前擋住了去路，逼她先和他擊掌——我則對著電腦點點頭。他在我對面坐下。

22 Redcoat Marching Band，喬治亞大學的樂隊，為各種運動賽事演出。

「我寫了一篇貼文，說我有資訊。」

「你什麼資訊都沒有。你是個傻子。我們只知道這一點。我每天都這樣跟你說啊，老兄。」

「我是說愛欽的事。我在論壇上貼了她的事。」

「哈。當我沒說，你不是個傻子。你是個白痴。我喜歡。我們來看看是怎麼回事吧。」

11.

所以，經過這麼一番折騰，我終於說服崔維斯幫我打電話給警察了。我們以前從來沒有報過警。這比你想像的要難得多耶！

當然，打到警局最快的方式是撥打「一一九」，但在這個狀況下顯然行不通。我的廚房沒有著火，沒有人試著闖進來，崔維斯也沒有揍我，但如果我繼續在腦力激盪的時候放屁，他很可能就要動手了。

所以，我們搜尋了「雅典警察」的關鍵字。出現的第一個搜尋結果是雅典克拉克郡東區警局的電話號碼。我是在校園東邊看見愛欽的。這可能是同一回事吧？

〔試試看。〕

〔好耶，一定很好玩。〕

崔維斯高中的時候，會趁他媽媽在樓上睡覺時，和我一起躲在一個衣櫥裡打惡作劇電話。他喜歡講電話，並且為失傳的電話藝術感到難過。「我不適合生存在這個時代，老兄。」他總是喜歡這麼說。他拿起我媽放在廚房的老式轉盤電話，那是我媽用來讓那個地方有「家的味道」的擺設。

「對，我的名字叫崔維斯，聽著，我想要告訴你們關於失蹤的……對，那個女孩……中國女孩？……我想我的朋友有看見她……不，聽著，我沒有看見她，是我朋友……哪裡？就在校園外，靠近五點區的地方……喔，好，對不起，因為你們的電話是第一個結果。你可以幫我轉接嗎？……好吧，那你可以給我他們的電話嗎？……不行？號碼不在你手邊？……好吧，好吧。幸好這不是真正的緊急事件……謝謝你完全幫不上忙喔，這正好證實了我對雅典克拉克郡公務體系和整個美國的懷疑……祝你有個美好的一天。」

所以，東區的電話不對。我們又試了巴克斯特街區警局的號碼。這次的對話友善了一點，但他們說那也不屬於他們的管轄範圍，並幫我們轉接了一個號碼，但我們就被掛電話了。接著我們我們試了市中心的警局：只能用語音留言。西區呢？他們叫我們打給校警。我覺得校警大概連槍都沒有，但管他的。我們打給了校警，但他們正在忙線中，老實說，我甚至不知道忙線音現在居然還存在。

崔維斯聳聳肩，然後彎身靠近我。

「也許他們要接的電話太多了？」

〔聽起來不像有太多電話要接。〕

「我們等一下要再打一次嗎？」

我突然想起一件我或許早該想起的事。

〔**等等，我記得有個專案電話。**〕

崔維斯滑起手機，直到他找到馬修．艾戴爾那篇《雅典先驅報》的報導。

他大聲讀出來：「若有任何資訊，警方請雅典市居民撥打劉愛欽專案電話：七〇六─二三四─四〇二二。」

〔**真希望你一開始就記得有這個電話可以打。**〕

崔維斯又撥了一次電話，這次鈴響了大約一分鐘左右。他對我揚起眉毛，嘴型說著語音信箱，然後不尋常地吸了一口又深又疲憊的氣。「是的，我的名字叫做崔維斯，聽著，我有個朋友覺得他好像有在愛欽失蹤的那天見到她。我們一直試著打電話通知警方，我們覺得這個專線應該會太忙碌，我想我們也沒猜錯，但我們還是決定先打再說。所以就這樣。聽著，總之呢，我是崔維斯。我朋友住在五點區的農業路七百六十四號，他想要幫忙。請打電話給他，號碼是七〇六─二五八─八四六三。再說一次，我叫崔維斯。呃……祝你有個美好的一天？」

他對我聳聳肩。

〔我覺得你忘記告訴他們我的名字了。〕

〔沒人會聽那通留言的啦，老兄。我們今晚再打一次校警的電話吧。〕

〔這比我想的要難多了。〕

「我該走了，老兄。」他邊說邊套上一件比他的身形大了三號的外套。他看起來像幾個疊在一起、想要假裝自己是真人的手偶娃娃。「今晚在樂團排練時間見啦。如果你再看到那個開大黃蜂的傢伙，拜託幫我撞翻他。」

12.

我見過朗恩．透納[23]一次。

我發現，你可能不知道朗恩．透納是誰。

我七歲的時候，伊利諾大學邀請我、我媽和一群身障孩子去香檳區的紀念體育館，和伊利諾美式足球隊的教練團打招呼。區域性球隊總是認為他們在賽前推著坐輪椅的孩子來到球場上，就是在做什麼大善事，好像他們正在替我們完成死前最後的願望似的，好像我這輩子唯一的願望就是見到十大聯盟中一支平庸球隊的總教練。透納教練是個好人，但他有比和七歲孩子握手更重要的事要做，我也是。他對我露出一個猙獰的微笑，然後就跑去畫戰術板、阻擋對手球員的踢球、搶許願骨，或是其他美式足球教練該做的事了。

我一直都覺得這種尷尬的見面會很折磨人。表面上，這種見面會是為了要「引起大眾的關注」，讓我們進入社區，讓人們「更認知到這些議題」，不管是什麼議題都一樣。但實際上，我覺得這一點點公關活動——它們真的就只是公關活動——只會讓人痛苦而已。你可以把我推上每一座美式足球場，讓我和每一個穿著伊利諾球衣的人合照，而到頭來，

23 Ron Turner，美式足球教練，曾擔任卡羅來納黑豹隊顧問，以及佛羅里達大學黑豹隊總教練。

能告訴你肌肉萎縮症到底是什麼，或者願意做任何一點事幫忙抵抗這疾病的人，還是一個都沒有。我們並不是被推出去「引起大眾的關注」的。我們被推上球場，只是因為一群想喝著啤酒、逃避問題並放聲尖叫整整三小時的健康人士——這些我都沒有意見——知道自己深愛著一種殘忍而暴力的運動，這種運動會讓幾百個沒有酬勞、而且通常是弱勢族群的孩子，純粹為了娛樂觀眾而撞得頭破血流，而他們想要排解這樣的罪惡感罷了。他們在賽前看到我們在球場上，他們會讚嘆：「噢，這樣對他們很好。」然後產生當天唯一一點的人類情感，接著就可以快樂地忽視一切、毫無罪惡感地享受午後了。這些簡短的造訪並不是為了我們，是為了他們，好讓他們在明知自己有多惡劣的狀況下還自我感覺良好。我們只是他們的道具。而我最討厭的事就是被當成人形道具。

當然，這不是說我不喜歡看美式足球。美式足球可以幫助我暫時忘記這世界究竟有多可怕，而且我也不可能不欣賞這種運動中強烈的肢體接觸：在你被推到球場邊，看著一群巨大的人類用恐怖的速度朝另一群巨大的人類衝去時，你才會真正意識到這有多暴力。某一次去看伊利諾比賽的時候，一個外接員被防守後衛撲倒在地，沿著側線一路尖叫。他們以最大的動力相撞，外接員被撞飛出場，飛過一整桌擺滿運動飲料的桌子，然後摔落在我的輪椅旁。側線旁的人們急忙朝我趕來，好像害怕我會受傷似的。我低頭看著那個可憐的球員，對方正抬眼瞪視著我，雙眼瞪得像快從眼眶中掉出來，他臉上的表情就像剛捲入一場連環車禍般，我不知道一個人要怎麼從那種撞擊中恢復過來。但他又爬了起來，回到球場上，參與下一波攻擊。整件事既不可思議又刺激，卻又可怕不已。我當然不排斥這種黑暗的快感。

事實證明，我搬到了最適合看美式足球的地方。在伊利諾州，美式足球只是輕微地勾起人們的好奇心，但在這裡，美式足球就是整個地區存在的意義。而且是字面上的意思。喬治亞鬥牛犬隊的主場桑福德體育館就坐落在校園正中央，整個學校都是圍繞著它打造的。它只是個巨大的凹洞，儘管這裡一年只會使用八天，堂堂一間美國大學卻得用自己的結構來保護它。從校園裡的每一棟大樓都可以看到桑福德體育館。它是雅典市的太陽，人們也把它放在這樣的地位崇拜。

在比賽週，賽事本身反而會退居次位。這週是雅典市的比賽週，而我在這裡生活的五年間，從來沒有錯過任何一次比賽週。整個城市都亮了起來，不管對手球隊是強是弱，不論這場賽事重不重要。週四時，會有第一批露營車，帶著他們細緻到令人有點反感的鬥牛犬隊徽和車身彩繪進駐。每天早上、每晚深夜，你都會聽見紅袍樂隊在校內草坪上排練。校友派對也會在週四舉辦，所以瑪扎妮每次在比賽週都會稍微遲到一點——到處都有人需要幫忙端雞尾酒、到處都有打翻的酒精需要擦乾。我也不得不承認，學生們的傳統很可愛：他們會穿上西裝、領帶或禮服，照著賽程表安排姊妹會和兄弟會的活動。大多時候，大學生們看起來都像下床後看到哪一件衣服就穿哪一件，但比賽週會讓他們都穿上燕尾服和晚禮服。比賽週讓這裡的等級提升了不少。我很喜歡。

但對我來說，最棒的部分就只是氣氛。比賽週會讓雅典的居民踏出家門。週四晚上，五點區總是會有家長聯手舉辦的街頭派對，通常會有幾名球員露臉串場，讓人們對他們鞠躬哈腰。週三會有紅袍樂隊的正式公開彩排，吸引幾百名觀眾去校內草坪上野餐，四處閒逛、和其他人社交。沒有政治爭論、沒有衝突、沒有爭執、沒有憤怒。只是一群友善的人們躺在草地上，聽著大學生一邊表演低音號，一邊帶著高帽遊行。去校內草坪對我來說困難至極——我得駛過大學站，那裡是個交通繁忙的上坡，會接上每個人都像瘋了一樣飆車的高速公路，而且沒有人行道——但我從來沒有錯過。崔維斯會帶野餐墊和三明治，我們會聽音樂、看大學生跑來跑去，而我幾乎會覺得現在不是二〇一九年，好像人們又喜歡彼此的陪伴了。

這就是我今晚的計畫。氣溫會是攝氏二十四度，街道上會充滿活力，人們擦肩而過時會面帶微笑。美式足球並不是重點，但如果它能為我帶來這一切，那它非常值得。

13.

我登入光譜航空的推特帳號，開始閱讀所有的回覆。納什維爾有個人非常生氣他連不上飛機的無線網路。一個大頭貼是隻抽菸的綠色青蛙的男人說空服員對他態度很差。一個在個人簡介裡寫了「抗爭到底」的女子想知道托運一個滑雪板要多少錢，而我根本不知道南部有什麼地方需要帶著滑雪板一起飛。還有一個人叫我「屎人」。

@spectrumair 你們在小石城這裡的登機門服務員有唐氏症吧

@spectrumair 我覺得你們給智障一份工作是很好啦，但他可不會讓我更快回到家

@spectrumair 你爛透了你爛透了你爛透了你爛透了你爛透了你爛透了 #你爛透了

又是線上有趣的一天。

這份工作最糟糕的一點是，沒有人真的在乎我有多擅長這份工作。光譜航空不在意。如果他們真的在意，就不會讓一個匿名男孩替他們回覆社群網站上的抱怨留言，他們甚至不知道這個男孩罹患肌肉萎縮症。他們只是想迴避麻煩而已。他們只是想證明自己有請人來負責而已。顧客也不在乎。他們不是真的想要我解決他們的困難或是給他們任何資訊。

他們只是想要有個大吼大叫的對象。我也許是這領域裡最棒的專家，也許是有史以來最偉大的區域性航空社群網站經理，但就算我用一張貓咪打噴嚏的動圖回覆所有抱怨訊息，我得到的結果也會差不多。仔細想想，如果我真的用貓打噴嚏的動圖回覆訊息，我也許真的會變成有史以來最偉大的區域性航空社群網站經理呢。

這份工作的優點在於，在某些日子裡，如果我沒有什麼心情或是太累，或是我家的無線網路故障，或者是我感冒了、導致一切都變得很危險時，我基本上可以直接忽略這整件事，而且沒有人會注意到。某個步調緩慢的二月週末，我輪班時，突然被嗆到，咳得停不下來。你知道，咳嗽對我來說太痛苦了——就像有人抓住我的肋骨，想把它們揉成一團。而當我嗆到時，狀況就會變得非常嚴重。我的平板上有個緊急應用程式，我可以傳送一則訊息給瑪扎妮，讓她的手機發出一陣驚人的嗶嗶聲，她就會知道她或某個人必須馬上趕來。我只需要打開手機上的緊急醫療救援程式，然後按下去就好了。它就只是個紅色的大按鈕。我很確定我按下去的時候，整個平板都在晃動。那是個破窗警報按鈕。

在我認識瑪扎妮的這些年裡，我只按過那個按鈕兩次。一次是我剛搬來時，我還不太認識她，也還不太熟悉這間屋子，所以不小心摔落前廊，掉進下方的灌木叢裡。最後我的背部和肩膀佈滿了傷痕，還因此血尿了一個月。那天很糟糕。第二次則是去年二月我被嗆到的時候。我得說，那比摔落前廊還要可怕得多。摔進灌木叢裡只是一次性的事件。但嗆到的感覺卻像被人丟進樹叢、抓起來，然後再度丟回樹叢裡一次又一次、一次又一次，然後在我的胸骨上挖了一個洞，把灌木塞進去、點火，然後再把我抓起來，丟回剛才那叢灌木那裡，之後再用鏟子捅進我的肚子，再把硫酸倒在我的傷口上。那天真的非常糟糕。

總而言之，在那之後，我請了兩天的假。光譜航空的人甚至沒有注意到我消失了。等我再度登入推特帳號時，其他的「經理」根本沒有來代理我的工作。有個可憐的傻子對我大吼大叫了三天，分別是在他的班機延誤時、他上了飛機後、還有那之後的連續兩天。我都同情他了。

今天沒有人像那樣對我吼那麼久，但我很認真地向一個田納西義工隊的粉絲解釋，我們也許可以幫他重新安排航班，從納什維爾繞道，他只要從應用程式中心下載光譜航空的軟體就行了。然後我的門鈴突然響了起來。最近這段時間，滿懷熱忱的年輕大學生會挨家挨戶地按門鈴，為他們支持的政治人物拉票，所以我一如往常地忽略鈴聲。但對方一直按個不停，直到他在門上重重敲了一記。

我從電腦前面退開，往門口駛去。看向窗外，我發現對方不是大學生、不是快遞送貨員，也不是忘了帶鑰匙的崔維斯。是一個警察。

14.

他很魁武。所有的警察都很魁武——就算他們不高大，也看起來很魁武；他們一定有特別訓練，讓身型看起來比實際體態魁武許多，就像刺河豚一樣——但這個警察真的魁武得異於常人。在我用手機打開門讓他進來後，他得稍微彎下腰，才有辦法穿過門框，而且他得低頭差不多三十度，才能看見是誰幫他開門。他留著傅滿洲大人般的鬍子，髮線十分稀薄，戴著內建相機的奧克利太陽眼鏡。我注意到的第一個部分是他的配槍，因為我看到每個警察時，注意到的都是他們的槍。人們看到警察的時候，注意的應該都是這個吧？槍枝？他一個人來，而且反常地汗流浹背，我只能看出這麼多，因為他戴著太陽眼鏡，又一句話也沒說。他只是打量著我的公寓，試著找出有沒有人和我一起住在這裡，因為我不可能自己一個人住。他的名牌寫著「安德森」。

他繼續尷尬地站在那裡，默默地轉換著重心，一邊掃視著房間，然後我才意識到他有多年輕。他看起來頂多二十五歲——他是不是比我還年輕？——而一旦你開始習慣他和他的制服在屋子裡，也習慣他的體型之後，他的體格就看起來沒那麼有魄力了。他只是個孩子（有配槍的孩子）。這孩子預期看到的畫面和實際上的不一樣，然後現在他不知道該怎麼辦了。

他拿下墨鏡，眼神閃爍——甚至看起來有點害怕。我已經習慣這種眼神了。

「呃，嗯，請問崔維斯在嗎？」他邊說邊低下頭對著我，但沒有看著我。

我在語音產生器中輸入文字。

「不。崔維斯不住這裡。我才住這裡。」

他低頭看著自己的記事板。「喔，呃，我接到一通來自農業路七百六十四號崔維斯的電話，他說他有，呃，關於一個失蹤人士的線索。你認識崔維斯嗎？」

我對他點點頭，但他花了一點時間才意識到我是在回答他，而不是突然抽筋之類的。

他真的非常年輕。

「他是我朋友。你想要坐下嗎？」

我看著他打量著前門、廚房、我的臥室，還有後門外的陽台。他再度把重心轉移到左腳上，然後撞上了我那台正在發出輕微嗶嗶聲的咳嗽輔助器。它會叫是因為正在充電，但對他來說，那大概就像準備爆炸的炸彈。「噢，對不起。」他說，然後他意識到自己在向一台機器道歉，便喃喃自語了幾句。他用舌頭彈著自己的上顎，像是一個初次約會卻搞砸了的緊張男孩。

他不會在這間屋子裡待太久的。

「好，嗯，你可以告訴崔維斯我來過了嗎？」他說，然後我意識到，我也許只剩下幾秒鐘可以告訴他我所知道的事了。

「好，但我可以告死你他去遊蕩了。」

他困惑而恐懼地看著我。去他的自動選字。沒有自動選字就已經夠難打字了。

他的頭轉向大門。「好吧，嗯，聽著，我會留名片在這裡，我是員警韋恩．安德森，等崔維斯來的時候，你可以請他打給我嗎？」

他轉過身，抓住門把，開始把門打開。我有好多事情要告訴他。但他已經走出門外了。

「等——等。」我用盡全身的力量喊道。他嚇了一跳，轉過身看著我。我知道我剛才對他說的是一個詞。但是他不知道。他只知道一個坐在輪椅上的扭曲男人對他大叫，而他在晚餐前還有七條線索要去追蹤，其他線索又不需要讓他應付這種情境，不論現在到底是什麼狀況。

「丹尼爾。」我的手機發聲器毫無骨氣地說道。

他哀傷地看著我，皺起眉。他意識到自己的行為，並給了我一個微笑，或許是想表示同情。「謝謝你的時間，丹尼爾。」他指著廚房台面上印有雅典市警察局標誌的名片。「如果崔維斯想要，呃，分享更多資訊，請他打給我。」

他頓了頓。「然後，嗯……你保重，好嗎？」然後他走出大門。這就是家裡只有我一個人時，警察來我家會發生的事。

15.

星期三，是我們航空公司生意最淡的日子，至少在日班的時候是這樣。值夜班的人，我滿確定他是個在加州某處坐牢的可憐傢伙，他的工作量就重得多了：我們有一班從納什維爾飛往夏洛特的班機，半數時間都會被取消。除此之外，這就是讓我偷打電動的好時機。我小時候去參加殘障人士營隊認識的一群人喜歡一起上線，整天殺殭屍和怪物，或是（越來越喜歡）殺納粹。他們總是邀請我一起上線，但是那些遊戲都不太是我的菜。我的手指和手不夠強壯，無法跟上那些遊戲需要的鍵盤敲擊速度。我比較喜歡老派的任天堂，只需要左左右右、上上下下、A B 選擇和啟動按鈕的那種遊戲。你甚至可以直接用瀏覽器玩這些遊戲，連 PS4 或 XBOX 的主機都不用買。當然，會有很多教你怎麼樣讓老二長大的小廣告圍繞在你的視線邊緣，但如果你夠專心的話，還是可以打倒麥可．泰森，也可以不費吹灰之力就解救公主。

但今天不行。我滿腦子只有愛欽。我一整天都在重新整理論壇上關於她失蹤的討論串，一直有新資訊冒出來。她的家人才剛抵達美國，他們顯然非常非常有錢。其中一個用戶說她認為自己和愛欽有同一堂課，但她非常安靜，從來不說話，你知道他們都是什麼樣子。（這句是引用她的留言——「你知道他們都是什麼樣子。」）另一篇文說愛欽在失蹤前一週就沒有去上課了，但其中一個回覆說她從來不翹課，然後是另一則回覆說前一則回覆是假消息，然後一個人稱另一個人法西斯主義者，然後我就放棄那條討論串了。

但其中一條討論串吸引了我的視線。

今晚在紅袍樂團彩排場地舉辦守夜

嘿，我是瑪麗莎．賴，愛欽的朋友。我們今晚會在校內草坪舉辦守夜活動。人們會來這裡看紅袍樂團的排練，所以我們會讓一群人幫忙傳話，看看有沒有人認識她。我會辦一個記者會，也會發給《先驅報》和電視台，邀請他們前來。我們需要更多人幫忙一起找她。我正在試著和她的家人聯絡，好讓他們也一起參加。總之，我們會在五點半左右抵達，然後整晚都會在那裡。請大家告訴大家。

「我們要去看看這個嗎？」瑪扎妮自己進了門，悄悄站在我身後，正一起看著我的螢幕。這發生的次數太頻繁，已經不可能是不小心的了。

她用布擦著我的後頸。「我注意到這幾天你都在這些網站上逛到很晚。」她說。「你得多出門。你需要曬太陽。」

我對她點點頭，然後擺動頭部，用她一定可以理解的語言和她溝通。

〔失蹤的女孩。今晚守夜。校內草坪。〕

她站起身，開始折起一條擦碗巾。「對，對。崔維斯已經跟我說過了。你們兩個今天早上真的很忙，是不是？」她在廚房裡飛舞著，幾乎沒有看我。崔維斯午餐結束後很快就去忙他自己的事了，但他應該隨時都會再度出現。畢竟這是我們的週三夜活動，而且他還不知道守夜的事呢。

「我想男孩子還是有必要培養一點興趣。」瑪扎妮說道，而我注意到，她正在打包野餐籃，那種用柳條編織而成、浮誇而華麗、漫畫中會出現的野餐籃，她還在我的輪椅下方塞進兩條毯子。烤箱嗶嗶響起，她便端出了晚餐粥。所謂的晚餐粥其實只是起司通心粉，但崔維斯有一次這樣稱呼它，從此以後它就改名了。她在我的脖子四周圍起圍兜，她一邊餵我吃飯，我一邊看著她的雙眼。

〔你今天要和我們一起去嗎？為什麼你要打包這麼多食物和毯子？〕

她差一點點就要臉紅了，但我不知道原因。

「我想說我今晚可以和你還有崔維斯一起去，那句話是怎麼說的，再不出門的話，我的頭髮都快長蜘蛛網啦。」她微笑著。我覺得這應該是因為美式足球。每次想到瑪扎妮這麼熱愛美式足球這個事實，都會讓我覺得很有趣。光是看樂隊排練就已經讓她這麼興奮了。「再說，我也對你們兩個的計畫感到很好奇。你看起來像要惡作劇一樣。」

像是受到召喚一般，崔維斯突然衝進了我家大門。「對不起，我遲到啦。」他說，不過我們根本沒有約時間碰面，也沒有非趕到不可的時間表。我想他只是習慣這麼說，因為他總覺得自己去某處、做某事都會遲到。我對他點點頭，把他叫到電腦前面，讓他看集會守夜的活動，這是讓我們置身這件事之中的第一個真正的機會。

崔維斯看著我的螢幕，跳了起來。「靠，老兄，我們一定要去。我們得告訴某個人你所知道的事。」

〔今天有個警察來了。〕

〔什麼？〕

〔對。他來這裡找你。他有點困惑，想說我怎麼不是你。我就說你該告訴他我的名字。〕

〔他怎麼說？〕

〔他被我嚇壞了。他叫安德森。他的名片放在廚房桌上。我覺得他幫不上什麼忙。但你還是應該打給他。我想我們需要換個警察。〕

〔嗯，我打賭會有警察在守夜現場。是守夜耶！每個守夜活動都會有警察。〕

〔我覺得你應該不知道守夜活動是幹嘛的，崔維斯。〕

崔維斯皺了皺眉，然後將韋恩．安德森員警的名片收進口袋裡。

「反正還是去看看吧。」他說。「這大概是好幾年以來，這裡發生最讓人興奮的事了。」

「真高興你在這家人的悲劇裡玩得這麼開心。」瑪扎妮說道，但口氣並不嚴厲。「現在，我們該出發了，以免被人搶走我們的野餐位置。」

「看看你，唉唷。」崔維斯。「小妞這麼會玩呀。」

16.

你帶一個小小孩出去玩時，整路上都在催他動作快一點，然後就在你們快抵達目的地時，他突然往前暴衝，像隻小狗一樣四處蹦跳，什麼東西都想聞一聞，什麼地方都想撒個尿。你能想像這個畫面嗎？和崔維斯出去，每次都像這樣。走路的過程中，他從頭到尾都在滑手機，低著頭，偶爾因為某部關於小嬰兒的蠢影片吹個口哨或笑出聲來，然後只要他看到不是我或瑪扎妮的人類——尤其是年輕女孩的時候——咻的一聲，他就不見了。

昨晚一定有下一點雨，因為校內草坪還很潮濕，還有點泥濘。我得推動輪子才能獲得足夠的摩擦力，我還一度把泥巴濺到瑪扎妮的護理師服上。我對她點頭道歉，然後才注意到她的護理師服上有一點血漬，就在她左邊的小腿上。她在今天過來前做了什麼？瑪扎妮的工作太多，我實在記不住每一項。不過那個血跡也有可能是我的。每過幾個星期，我就可能在早上起床時發現床單或枕頭上灑了斑斑血跡。我不知道血是從哪裡來的，也不知道為什麼會滴在床上。我以前還會為此感到不安，但最後就不會了。因為，不然你能怎麼樣呢？

瑪扎妮找到一個她喜歡的位置，並在地上鋪好毯子。那是一條聖路易斯紅雀隊的贈品，是二十年前我媽在一場棒球賽中拿到的，不知怎地就一路跟著我來到雅典，上頭沾滿了濃濃的啤酒、煙灰和花生的氣味。我不喜歡這條毯子，但我還是留著它。它會讓我想起伊利諾州、我媽，還有各種高大的大人。瑪扎妮對著崔維斯招手，他人則已經跑到遙遠的天邊，和一個從未見過面的人聊著天，好像他們是從小一起長大的好朋友。他點點頭，請他正在攀談的某個小姐稍等一下，然後便朝我們衝來，像準備救火似的。

「嘿，嘿，嘿。讓我把那瓶紅酒打開吧。」

因為某種我不能理解的原因，我媽來訪的時候，在我的廚房裡塞滿了各種各樣的紅酒，儘管我這輩子從來沒有喝過酒，瑪扎妮的宗教又不允許她喝。（不過老天啊，紅酒有時候對她還是有點好處的。）崔維斯是唯一會喝這些紅酒的人，而他總會從我家拿幾瓶回家，或者在我家一邊陪我一邊喝。現在這樣想想，我想我突然理解我媽為什麼要在我的廚房裡囤紅酒了。

「老兄，你看那邊。」他邊說邊指向遠方某處。我只看見紅袍樂隊氣喘吁吁地扛著樂器。低音號真是一種奇怪的樂器。我很好奇，他們到底把那塊金屬扭曲成多少形狀之後，才意識到能發出最適當聲響需要的最完美形狀就是現在這種。

我對他搖搖頭。「不，不是啦。在樂團旁邊。」崔維斯說。然後我才意識到，那裡就是守夜的現場。

這裡應該是最不適合舉辦守夜的場地。首先，這裡有低音號耶。當戴著大紅帽的大學生們吹著銅管樂器、一堆呼麻仔又在一旁飲酒作樂，還有小孩四處狂奔尖叫的時候，要凝聚起足夠的肅靜與悲淒感實在太困難了。我是說，你在樂隊遊行的旁邊辦守夜活動。你還不如在六歲小孩的生日派對上舉辦算了。

但如果他們想要得到關注，那他們成功了。那位出現在西洋棋桌遊店的女子，那位差點被我撞到兩次，然後又讓我遍尋不著，卻差點把雅典市中心的無辜路人嚇死的女子，正坐在一張折疊桌旁，身邊堆著一大疊紙張，感覺隨時都會被風吹飛。在她身邊放著一幅巨大的愛欽照片，我在網路上看過那張照片好幾千次；下方附上一支電話號碼，表示有任何關於她失蹤的資訊都可以打這支電話。（崔維斯很快就會打這支電話，聽到忙線音，然後對我翻白眼。）還有三個人和西洋棋桌遊女子坐在一起，兩個是中國人，還有一個較為年長的白人女人，看起來跟我見過的每一個女教授都一樣。（她們的眼鏡一定都是在同一間店買的。）他們發著傳單，而且顯然正試著讓每一個路過的人幫忙簽署某種連署書。

在他們旁邊，我看見了愛欽的父母。

他們一定是她的父母。首先，他們看起來疲憊無比，只有整夜都在搭飛機，然後降落在陌生的國家、聽著人們說陌生語言的人，才會有這種表情。以喬治亞州東北部溫暖的十月夜晚來說，他們都穿太多了，而且儘管現在是黃昏，他們都戴著墨鏡。他們沒有和任何人交談。

看見他們讓我覺得很不舒服。我很難過他們得來這裡。我很難過發生了這種事情。

「我們走——吧！」崔維斯說，然後朝守夜集會的方向跑去，一邊招呼著要我跟上。

我看向瑪扎妮。她揮手示意我過去。

〔他在幹嘛？〕

〔如果你不過去的話，那你來這裡幹嘛，丹尼爾？〕

瑪扎妮總是比表面上看起來還要了解狀況。

＊

「他有什麼問題啊？」

難得有人問我崔維斯有什麼問題，而不是問崔維斯我的事，讓我鬆了一口氣。不知為何，這裡散發出的哀傷與悲劇氣息，使崔維斯異於常人的感官機制認定這是「不可言喻的刺激」，而不是「陰鬱」。他就是非得問守夜會場附近的每一個人關於愛欽的事。

她是什麼樣的人？你最後一次是在哪裡見到她的？她是不是好學生？她平常會不會在五點區的碩博士生宿舍出沒？她是個衝動的人嗎？她害羞嗎？她，嗯，她會喜歡呼麻嗎？

崔維斯至少還知道要避開她的父母，但守夜會場附近的其他所有人（而且是逐漸擴大的一大群人），全都聽他問了不少問題。

我面前的年輕女子不像其他人被崔維斯搞得那麼困惑，而在這麼多人之中，她選擇問我他是怎麼回事。有人尋求我的意見真的很難得，更別提她是想要我評判某個人的人格，所以光是這樣，我就已經喜歡她了。

我上下挑了挑眉，希望我能向她表達「等等，我有個語音產生器」，而不是我現在癲瘤發作了，這樣她至少能知道要給我一點時間。

「他沒事。他只是喜歡說話。」

這東西似乎沒有把她嚇壞。所以我才不用史蒂芬．霍金的聲音嘛。

「沒關係。」她說，然後我立刻就喜歡她了，雖然沒有什麼明確的理由。「我是珍妮佛。」她反射性地伸出手，然後又收了回去，我則點點頭，這種事常發生，別擔心。

「丹尼爾。」

「真的很糟糕，對不對？」她說。她穿著一件比她的身形大概大了三號的T恤，頭髮束在腦後，顯然是個大學生。只有大學生、新手媽媽和殘障人士會在一個有數百人的的活動現場穿得這麼隨便。我點點頭。

她上下打量著我。

「你有肌肉萎縮症嗎？」這是我印象中第一次，有人在外面這樣問我。在慈善活動、路跑、募款活動，或是其他把我們展示出來，好讓人們為自己優渥的生活產生罪惡感、並簽下大張支票（現在仔細想想，我好像也從來沒有看過那些錢）的活動上，人們是會這樣問我。但從來沒有人這麼淡定。

以上這段內心獨白一定完全展現在我的臉上，因為她跳了一下，好像她在益智遊戲中猜對了什麼題目一樣。「我就知道！我以前跟青年團服務過一群肌肉萎縮症的孩子們。真是個爛病，對不對？」她微微一撇嘴。「但你的輪椅看起來超屌的。」

我還沒意識到自己在做什麼，就操縱輪椅轉了整整三百六十度，小露一手。等到我再度面向她時，便誇張地向她低頭行禮。她愉快地歡呼了一聲。我的喉頭發出一陣噪音，和她的歡呼聲不盡相同，不過我努力了，她也理解了，所以我們成功交流了。我們興奮尖叫的聲音不一樣，但我們都會因為興奮而尖叫。

此時，崔維斯終於注意到了這裡的騷動，跑了過來，因為崔維斯天生就會被騷動吸引。「你們在這邊好像玩得太快樂了喔。」他邊說，邊假裝擺出肅穆的表情。「這個場合這麼嚴肅，不適合賣蠢。」

這句話似乎打開了珍妮佛的某種開關，她直起身子，轉向崔維斯。她像是生氣般看著他——對他生氣，或是對著某個別人生氣。然後她的臉垮了下來，淚水奪眶而出。這是我們到這裡後，崔維斯第一次好像理解了周遭發生了什麼重大事件，他用手臂環住她，她則伏在他肩上啜泣著。他們兩人素未謀面。他抱了她整整一分鐘。

後來我們知道，珍妮佛和愛欽住在同一棟碩博士生宿舍的同一條走廊上。她和她不熟，但也沒有人真的和愛欽熟。她們早上同一個時間有課，所以這學期剛開學的那幾天，她們有一起走去學校，但後來珍妮佛在那天又選了另一堂課，使她不得不開車去學校。珍妮佛說，愛欽的英文不太好，但她盡力了，進步得也很快。五點區的大條街道總是讓她很困惑，不管她走路去上課幾次了，都還是會迷路。上學路上，愛欽會聽中英對照的錄音帶，因為她想更了解這個新城市，而且「這裡也沒有人會想聽我用中文說他們的狗快要死了」。（這句話讓珍妮佛笑了起來，一顆鼻涕泡泡噴了出來，落在我的腳邊。）珍妮佛對愛欽最大的認知就是：美國讓她很緊張，她想讓自己的父母快樂，他們不喜歡她來這裡，但相信她會表現良好，而且她熱愛動物。

在愛欽消失前，珍妮佛都還沒有認真思考過這些事。「我應該對她好一點的。」她說。以人類的標準來說，她人已經很好了，至少對我是這樣。但我想她可能還是說得對。

「我只希望有人可以找到她。」她說。「我希望她能給我第二次機會。」

崔維斯的手臂環著她。「你知道……我們其實自己查了一些東西。」他說。她看向我，而我對她擺出格魯喬之眉。她微笑起來，然後和崔維斯走到旁邊一點的位置，讓人聽不見他們的對話。我們的某種可能資訊的小圈圈，很快就要延展到崔維斯正在對話的這位充滿魅力的女性身上了，不過這大概也是唯一的發展走向。

我看向愛欽的父母。他們身邊包圍著數十個人。我們已經吸引了一小群群眾。但自從我們到這裡後，她的父母似乎就一寸也沒動過。他們只是站在那裡，看著地面，好像可以在那裡找到她似的，好像那塊地面比其他任何地方都好理解得多。

我坐在那裡看著他們好久，早已超過合宜的時間。瑪扎妮出現在我身後。「真的、真的好令人難過。」

愛欽的母親抬起頭，擦了擦眼睛，然後把她丈夫外套肩膀處的某個東西拍掉。她掏出一條手帕遞給他。他頭也不抬地擤了擤鼻涕。他把手帕還給她。她收起手帕，然後轉向自己的左手邊。

她看見我繼續看著她。她對我露出淺淺的微笑，然後舉起右手。**哈囉**。她放下手，再度看向地面。她女兒和我打招呼的動作一模一樣。

17.

回到家了。在我看見愛欽的父母不久之後，傾盆大雨就開始下個不停。這是喬治亞州典型的暴雨天氣，萬里無雲的天空突然像裂開一樣，十分鐘內把所有人淋成落湯雞，然後再同樣突然地消失無蹤。守夜活動解散了。那些低音號大概也會漏水漏好幾天。

搭車回家的路上，崔維斯打了安德森警員的電話，卻轉入語音信箱，瑪扎妮則把他的名片放進自己的皮包裡，說她明天早上會再自己打一次。

我忍不住一直想著愛欽的父母。我看見他們不久之後，他們就離開了。他們看起來很疲憊，也有點不安，他們不知道自己在這裡幹嘛，也不知道這一切是怎麼回事。我又能和他們說什麼呢？

我漫無目的地瀏覽著論壇，讓心思四處遊蕩。

當時是威氏量表剛報完的時間。她正走在人行道上。她大概正要前往公車站。她不戴耳機這件事總是讓我覺得很奇怪，大家隨時都戴著耳機。

最值得一提的是，當時四下無人。通常路上不會只有她一個人。

而且她對我揮手。

瑪扎妮在做睡前的最後打掃，而我又睏又疲憊，通常在我這麼累的時候，我實在不該勉強，但我還是點開了電子信箱。有一封郵件躺在裡面等我：

寄件者：南景路 <wellbegyourpardon@hotmail.com>
收件者：flagpolesitta1993@yahoo.com
主旨：哈囉，朋友

唉呀，唉呀，唉呀，唉呀。看看我發現了什麼？

我不得不說，看到這篇小爛貼文還真有點意外呢：

>>>我住在五點區，也許是我搞錯了，但我很確定我每天都會看到愛欽經過我這條街。我想我在她消失的那天也有看到她。我覺得那是她。我不是很確定。但我知道她住在附近，顯然她那天早上也有課，我想我有看到她。我想我看見她上了一輛土黃色的大黃蜂。有人看得懂我在說什麼嗎？

看到這篇貼文，真的滿讓人驚訝的。我沒有看到任何人，但相信我，朋友，我真的很小心了——我在那條街上來回開了二十分鐘，在她出現之前，我都沒有看到任何人。不知道我為什麼沒有發現你。我是說，你看到我的車了啊。我怎麼會沒看到你的呢？

所以，顯然你也是個狡猾的傢伙。因為你顯然也在那裡，因為你認得我的車，因為以一個在論壇上發廢文的人來說，你確實說對了很多細節。我為什麼會沒看到你？你躲在哪裡呢，朋友？

我沒有這些問題的答案。但是我會找到的。因為顯然我們會逐漸認識彼此。所以，哈囉。原來網路真的可以一直讓人找到新的連結呢。我好愛這一點。對——我們會變得很親近的。希望你準備好囉。

祝　安好

你的論壇新粉絲　敬上

「你的睡覺時間到了。」瑪扎妮說。

星期四

18.

如果你從來沒有打過架，你對自己的了解會有多少？

高中時，崔維斯對《鬥陣俱樂部》的著迷程度已經近乎危險的等級了。不過這也合理。那部電影諷刺了病態的男子氣概，像惡夢一般，看著一個人的破碎心靈逐漸崩壞，但青少年對於諷刺的感受度沒有那麼高，尤其這部電影的娛樂性這麼強。崔維斯看完電影後，就想要找個人揍、想要挨揍，又想把整個世界用一把火燒掉，而當你有這種感覺，又不確定自己到底該不該這麼做時，你就會把電影給另一個人看，看看對方有沒有和你一樣的感受，好確保自己並不孤單，確保自己沒有發瘋。

詭異的是，崔維斯很快就會意識到，他分享這部電影的對象在肉體上無法揍人，如果被布萊德．彼特或愛德華．諾頓打了（或者麥克．艾德、或者海倫娜．寶漢．卡特，或甚至傑瑞德．雷托，不過我覺得在必要情況下，我還是可以扛得住傑瑞德．雷托的一拳的），大概會馬上肺衰竭、並在一小時內暴斃。當你確定被打了之後還能活著，把被揍這件事浪漫化才會容易得多。

我當時還可以稍微舉起自己的手臂，所以在《鬥陣俱樂部》演到某個打鬥片段時，我低哼一聲，對崔維斯打了個手勢。「來——吧。」我說，一邊把我乾瘦的右手握成一個拳頭。

「就是這個精神，老兄！」他說。「天翻地覆吧！讓一切天翻地覆吧！」

我用盡全身的力氣，把手腕甩向他的臉。我疲軟的拳頭只發出一聲虛弱的碰撞聲，比較像一塊生豬肉掉在流理台上的聲音，而不是《蝙蝠俠》漫畫裡會看到的那種「碰！」的一聲。可愛的崔維斯像從卡車後面摔下來一樣向後彈開。我哼笑一聲，但接著便嚴肅地看了他一眼。

〔**拜託你不要打我。**〕

崔維斯笑了一聲，然後給了我一記假勾拳。

但我懂。我的睪固酮水平也許逐漸降低，但我還是個男人，或者更準確地說，我也曾經是個困惑、愚蠢的青少年。那部電影的某個部分會讓你想把什麼東西砸爛。那部電影像在對每個男孩、每個男人心中的那個傢伙說：不論我們看起來有多麼穩定，不論我們多努力讓自己保持冷靜，我們內在都有某個本能，想看這個世界焚燒殆盡。我們並不是真的想這麼做，而長大的一部分，就是讓這毀滅性的衝動逐漸淡去，讓那些沉積在心中的不合理憤怒逐漸消退。之所以沒有五十五歲以上的恐怖份子，或者在他們開始看福斯新聞之前都不存在，是有原因的。摧毀東西是年輕人的專利。而不論我是否被困在一張輪椅上，我都還是年輕人。我現在也還年輕。我還是會熱血沸騰。

我還是和所有人一樣，會寒毛直豎。

*

這個疾病所帶來的諸多缺點之中，最讓我抓狂的是所有人都認為我永遠都很友善。罹患疾病讓人們對你特別有同理心，聽起來好像很不錯，但其實完全不是。

我從很小就知道，有很多其他孩子可以做的事情，我一輩子都做不了。這使我像所有曾經存在的人類一樣。我還是居住在這個軀體裡，我還是有自己的思想、自己的擔憂、自己的執著，也有自己的怒火。我的感覺和其他人其實沒那麼不同。或者說，我不知道別人有什麼感覺。我就是我。我感覺像個普通人，因為這對我來說就是普通的狀態。

但當你用那種表情看我的時候，就不是這麼一回事了。當你用「噢，可憐的傢伙」的濾鏡看著我，當我知道你正在動什麼腦筋，當你覺得比較沒那麼有壓力，或是不再為沒有升職的事感到難過，因為你開始感謝自己所擁有的一切時，你會用那種我好像應該為什麼事感到難過的表情看我。我的存在讓你心存感謝，因為你不是我。我很好……直到你用那種表情看我為止。現在顯然好像有什麼事不對勁了。

這會讓我很生氣。會讓我很想和人打架。

在這種狀態下，你的直覺就只有兩種：戰鬥或是逃跑——捍衛自己，或是打退堂鼓。

當我意識到這件事時，我發現自己莫名地感到如釋重負——我想要戰鬥。

我們會變得很親近的。希望你準備好囉。

我準備好了嗎？我想我們很快就會知道了。

19.

那個混蛋寄了電子郵件給我。就這樣。

我刪掉那篇該死的論壇貼文的速度還不夠快。

我的電子郵件就附在論壇的會員檔案裡，（幸好）沒有連結到我的真名。網路應該要讓世界感覺更大才對。但它總是讓人覺得世界更小了。

瑪扎妮幫我擦過身體後，便把我推到電腦前。她還沒有準備好知道這件事。我在她準備早餐時重讀了一次郵件。我注意到的第一件事是他很寂寞。誰會說「我總能在人們開口之前就知道他們對我有什麼看法」之類的話呢？也許這個人不太和人說話，所以沒有人真正告訴他自己是怎麼看待他的。他在很多時間裡都是獨自度過。我可以同理。

他沒有看到我。他當然沒有。我融入前廊裡，尤其當你搜尋的目標是正常身高尺寸的人，而不是被困在輪椅上、只是打算出來透透氣，然後又要回去被憤怒旅客臭罵的殘疾人士。他不知道有人看到他了。他隨性又放鬆，就和任何一個在早晨開車經過街道的路人一樣。他說了一點什麼——他說了什麼？他說的話讓她上了他的車。她認識他嗎？她把他誤認成別人了嗎？我只是在猜測而已。唯一的重點是，她上車了。她就這樣上車了。然後他開走了。就這樣。沒有人看到他。

只有我。我看見他了。我看見她了。現在我很清楚。我不是在做夢。我也不是在幻想。我確實看見那頂鵜鳥隊的帽子和那雙靴子了。這件事確實有發生。

如果要我老實說，我真的鬆了很大一口氣。

而現在他知道了。他知道我看到他了。我認為他不知道我是誰，也不知道我在哪裡看到他，也不知道我做了什麼，更不知道我要拿他的資訊做什麼。他只知道，他以為自己逃過一劫，但現在他無法肯定了。他被嚇到了，他很生氣。但更重要的是：他很害怕。

他在害怕。而且，嘿，他並不孤單。

有時候感覺不那麼孤單也是一件好事。

所以。我要回他什麼？

等等。我要回信嗎？和一個你素昧平生卻有立即威脅性的人，你該說什麼？我為區域性航空公司主導社群媒體這麼久，面對這種情況，我應該更快知道答案才對。我比這星球上百分之九十九．九的人類更常受到威脅。

要我徹底忽視這封郵件的衝動很強烈。回信不僅證明了確實有個目擊者——我論壇上的帳號其實也是個證明——同時也證明了那個目擊者……嗯，和我的關係。如果我不回信，他擁有的就只是一個電子郵件網址和一篇刪除的論壇文章。作出任何回應都會讓他更接近我。當然了，據我所知，這傢伙也許只是個愛達荷州的青少年，在網路上看到這個案子之後，決定上論壇對人惡作劇。（我的理論是：至少有一半以上的論壇貼文都是來自愛達荷的青少年，就是來對人惡作劇的。）但是無論如何，他感覺被困住了。如果我回他信，我也許會開始一場我不擅長的遊戲。

如果我完全不回應，他或許會覺得他把我嚇跑了——合理的推測啊！——或者我從一開始就只是在胡說八道。他就會回去做這段時間他一直在做的事：認定自己逃過一劫。給他回應就是證明有人看到了這一切。而那只會加強他找出這個人是誰的慾望。但這也會讓他的心跳加速。

我想我希望他的心跳加速。

他也只是想從我這裡得到一點反應，好讓我露出一點馬腳。現在他知道有人看到他了，他想要在我心中激起同樣的恐懼。他想要我膽戰心驚。他想要我回覆他，好讓他可以更深入我的內心。

回覆他是個壞主意。這就是他想要的。這會讓我陷入危機。這樣也許會更難抓到他。這個糟糕的點子幾乎不會帶來任何正面結果。

但她還是在他手上。

*

首要任務：我把這封郵件轉寄給崔維斯。他還要再過幾個小時才會起床，但我需要讓他看到。他至少可以幫我確認這封信真實存在，不是我的幻想。我在轉寄的信件中附註道：

靠腰老兄看看這個瘋子。警察的名片還在你那嗎？把這傳給他。靠腰。

然後我就繼續瞪著這封信。半個小時過去了。另外半個小時又過去了。我得在瑪扎妮把早餐做完、進來這裡之前寫完郵件，因為她在乎我，所以絕對不會讓我把信寄出去。但我就只是坐在這裡，看著游標落在空白的信件草稿上。

親愛的論壇新粉絲：

很高興收到你的來信。我本來還很怕你只是我的幻想，還有愛欽，還有你那輛愚蠢的車。我的人生原本還有點無聊空虛，又毫無意義，直到你出現為止。你讓我的心又再度跳動起來了。你給了我一件可以做的事。你給了我存在的目的。謝謝你。

最好不要寄出這封信。他會認為他找到了跟他一樣反社會的靈魂伴侶。（他有嗎？）

刪除刪除刪除。

你要跟可能殺掉你的人說什麼呢？這傢伙應該有潛力成為殺人犯，對吧？

親愛的論壇新粉絲：

我不知道你在說什麼。你把我嚇壞了。我不想惹麻煩。我什麼都沒看到。我只是在開玩笑而已。我只是個住在愛達荷州的小孩。你去過愛達荷嗎？我們有，呃，很多馬鈴薯。

重點是，那篇文只是我胡謅的。請繼續過你的日子，假裝這件事沒有發生過吧。

刪除刪除刪除。

你要跟不知情的人說什麼呢？

親愛的論壇新粉絲：

繼續秀下限吧混蛋

刪除刪除刪除。

我深深嘆了口氣，這讓我的呼吸變得有些困難，我好幾分鐘完全動彈不得。等到我度過最糟糕的部分，我再度看向空白的視窗。

也許我可以來《**鬥陣俱樂部**》一下。

親愛的論壇新粉絲：

我看到你做的事了。在你傳郵件給我之前，我都還不太確定，但現在我很確定了。我看到你了。她上了你的車。她在哪裡？她還活著嗎？如果你告訴我，或是告訴警方，他們就不會讓你坐電椅了。

你寄這封郵件來是個錯誤。我會逮到你。小心你的背後，混蛋。我會了結你。

這感覺真不錯。就像是對著航空公司發飆一樣。

但不知道為何，我想起了陶德。那個男人知道要怎麼應付對手。**保持善良，孩子。沒有人料想得到。**

這個人沒有聊天的對象。他只是想讓人注意他。我真的可以理解他。也許為了幫助她，我也得先幫他才行。

親愛的論壇新粉絲：

是的，被你發現了。我看到你了。

我只是想要幫忙，老兄。你可以告訴我。她還好嗎？如果她還好，那一切都還不算太遲。

但我就在這裡。我看到你了。我知道。所以讓她走吧，或者就告訴我你的名字。我們一起面對。

門開始被人推開。早餐做好了。崔維斯還要好幾個小時後才會醒。

游標在傳送鍵上游移著。

我點了下去。

咻。信寄出了。走著瞧吧。

20.

瑪扎妮的腳步有些跳躍，好像有事必須告訴我。

她確實有話要說。「你看到了嗎？就是今天。就在今晚。」

她遞給我一本宣傳小冊子。是另外一場活動，另一場集會，想向大眾宣傳愛欽失蹤的事。但這不是那種為了黏在西洋棋桌遊店門外而倉促製作的手寫傳單。這是正式的宣傳品。這件事印在校報頭條，印在厚實的紙張上。這……規模大得多。這場活動很認真。

為劉愛欽集結
喬治亞大學華裔美國人社群主辦

今晚六點，前往貝爾教堂參加劉愛欽的守夜活動吧。她是本校的碩士生，這週卻失蹤了。你有見過這位女孩嗎？

參議員大衛．佩杜、校長傑爾．莫海德、美式足球隊總教練柯比．斯馬特，以及全美代表隊踢球員湯瑪斯．裘金．克雷格將會列席參與。喬治亞社群，團結起來。**我們會找到愛欽的。**

瑪扎妮看著我。「這女孩，大家都在講她的事。」

瑪扎妮一看到柯比・斯馬特也會去，就算把我吊在車子後面，她也會把我拖去。瑪扎妮是個安靜、平和的女人，不過只要你把電視轉到任何一個體育節目，讓她看到一堆沒領錢的大學生試著把對方的腦子砸成布丁，她就會變成一個站在城門旁的野蠻人，像競技場邊嗜血的觀眾。我不太確定一個舉止溫和的中年巴基斯坦女子是從什麼時候變成會在臉上塗鴉，還曾經對電視尖叫「你是個惡魔，史普利爾，我唾棄你！」的狂熱喬治亞鬥牛犬粉絲，但這正好證明了，如果你不夠小心，雅典市就是能夠對人造成這種影響。

等我處理完似乎不懂「稍待」是什麼意思的@sabanmaga27——讓我為他的留言畫重點：「去你的，我會站在你的屍體旁邊」——我便收到了來自崔維斯的回信。

哇靠，老兄。三小啊？三小啊。我已經轉寄給警察了，但我覺得他們應該不會看信箱。還是會啊？管他的，這是三小啦。

今晚在集會會場見了。記得昨晚那個叫珍妮佛的女生嗎？我們約好了！她也會來。我們在那裡見啦，小婊子。

三小啊。

我再度打開論壇的喬治亞大學討論版，看了一下關於愛欽的討論串。現在這已經變成習慣動作了。在過去的二十四小時裡，大眾對這件事的聲量讓原本只有幾個想紅想瘋了的半吊子犯罪迷的看板，一瞬間成了各種不成熟陰謀論的匯集地。所有理論都比崔維斯的「癮君子愛欽假設」還奇葩得多：她逃走，是因為她討厭上學又不想讓父母失望。沃特金斯維爾那裡有個祕密性奴社群。她發現獸醫系對實驗室的老鼠做祕密實驗，所以被滅口了，以免她聲張出去。有人不知怎麼地把這件事和希拉蕊．柯林頓扯上了關係。不過截至目前為止，最受歡迎的理論是她想叛逃、離開中國，而有人決定把她處理掉，以免中國政府被公開羞辱。當人們找不到事實真相時，他們就會捏造一個。

我把畫面切回電子郵件，再重讀了一次信。這看起來太瘋狂了。但是……裡頭還是有些我理解的東西。我也隨時都在思考人們是怎麼看我的。你怎麼能不這樣想呢？有人會不這樣想嗎？

我聽見有人在我身後倒抽一口氣。

「丹尼爾！這是什麼？」我和她說過這麼多次，從我背後偷看我用電腦是一件很沒禮貌的事，但是……對，就這樣囉。

＊

瑪扎妮當然會決定再打給警察一次。我把我所知的一點小資訊告訴她，現在她知道的幾乎和崔維斯一樣多，但她沒有注意到這一點，因為電子郵件的內容把她嚇壞了。

她表現得像自己是第一個想到要報警的人，好像崔維斯和我並沒有持續嘗試並失敗了兩天一樣，好像昨天沒有警察突然跑來我的屋子一樣。但瑪扎妮一直都是這樣，她總是想要報警。她對警察抱持的信心就像第一代移民那樣，認定美國和自己出生的國家不同，覺得這裡的警察公正不阿、重視公義、冷靜平和，專為解決暴亂與在混亂中找到秩序而生。因此我不忍心告訴她真相。

但我得承認，這次她倒是沒錯。我不只是一個坐在輪椅上的傻瓜，我就是證據。整個城市都在尋找愛欽。她的朋友在大街小巷哭泣著。這真的讓人很不安。我得說，在卻爾西．麥克尼爾開始報氣象，說今天的威氏量表有十分，對各位想看足球的人來說是最完美的天氣之前，看著《十一點新聞直播》的主持人討論一件在我家門前發生的事，真的很詭異。

〔這可不只是小孩拿著雷射槍之類的小事。我們得報警。〕

瑪扎尼一邊幫我拉開被單，一邊擦掉枕頭上的一個可怕污漬（我從來沒有看過這個污漬，也不知道它是從哪來的），同時把我安置在輪椅上，繫好安全帶。

〔我現在要打給警察了。我要打給那個留了名片給我的男人。〕

〔對，祝你好運喔。你要跟他說什麼？〕

〔我得告訴他你有看到。你有看到那個男人。還有那個女孩。還有現在這封威脅信。〕

〔我一直都在試著這麼做啊。〕

她開始撥號。我一直都以我的室內電話為傲，它就這樣掛在牆上，等著某個穿著圍裙的女子接起電話，並把它遞給穿著黑色西裝、頭戴軟呢帽的男子。它讓我覺得自己置身某個五〇年代的情境劇。值得一提的是，所有進過這間屋子的人都認定它只是擺好看的、根本不能用。

瑪扎妮打了安德森員警的電話，皺了皺眉，然後用唇語對我說**語音信箱**。她留了自己的名字和電話。然後她又撥給校警。

「哈囉，對，我是瑪扎妮女士……對，對，我知道你之前就有接過我的電話了……嗯哼……嗯，對，我知道你很忙，所以我才打這支電話……不，不，我知道，我是說……不，我了解，我不想打擾你，我只是想幫忙……好吧，不好意思，我——嘿！」

顯然，接瑪扎妮電話的人平常也會接到瑪扎妮的電話，抱怨兄弟會派對開太晚，或是野貓在附近空地鬼叫，而這個人今天沒有耐性應付她。昨天全國新聞頻道報導了中國學生在美國一所主要大學的校園失蹤，而這所大學週末還要舉辦一場非常重要的美式足球賽，讓我們聽聽寇克和庫索[24]怎麼說吧。瑪扎妮把電話重重摔了回去，然後用烏都語唸了一句我猜會被巴基斯坦廣播節目消音的話。

24 Kirk和Corso，兩位都是轉播大學美式足球賽的資深主播。

瑪扎妮重撥一次，掛掉電話，重撥一次，再掛掉電話，然後又重撥一次。忙線中。忙線中。那聲音就像一隻鵝在你耳邊鳴叫，取笑著你。她坐下，生了一會悶氣，然後抹了抹眉頭，拉平上衣。

「我得走了。我們得晚點再處理這件事了，丹尼爾。」她說。「除非你想要我把你載去警察局。」

我不想。

〔**我不想。**〕

「好吧。」她清了清喉嚨。「如果他們今晚還沒抓到這個人，我們就再試一次。你同意嗎？」

〔**同意。**〕

她再度擦了擦我的頭，看著我，皺起眉。

〔今晚在集會現場見了。在那之前，你一個人沒問題吧？〕

〔**沒問題。我沒問題的。**〕

她好擔心。她的擔心讓我也擔心起來了，所以我盡可能對她露出微笑。沒問題的。我們都太焦慮了。去做你該做的事吧。

她看著我的時間有點太長了，然後她從椅子上抓起外套。外面的天氣絕佳，所以她知道要幫我打開前門，然後把我推到前廊上。她拍了拍我的膝蓋。「你自己小心啊，丹尼爾。」她邊說邊往車子走去。「這件事很超過。太超過了。」

當她走上前廊時，她停下腳步，轉過身。但她一句話也沒說。

21.

如果你是光譜航空的顧客，期待今天能得到某種程度的服務，那可能得請你見諒了。你瞧，我忙著和一個也許謀殺了一個年輕女子的男人通信，而我現在正在等他回覆我呢。如果我對於你的椅背躺不下去這件事沒什麼耐心，麻煩你多擔待了。

但今天工作真的很忙，因為這週末就是比賽日了。就連我們這個死氣沉沉的小村莊機場，在美式足球開踢的週末都會變得很繁忙。在我居住的這個美麗又詭異的城市中，我最喜歡的其中一個宣傳謠言是：在喬治亞州打主場賽的美式足球週末，所有酒類法令都會暫緩執行。這條規則真的寫在城市的法條裡，觀光局十分樂意宣傳這一點。在普通日子裡，郡政府有一整筆預算應付未成年或大學生飲酒，還有其他惡行。崔維斯的奶奶在這裡的餐廳就被要求出示證件過，她當時都已經八十四歲了，後來好像在一九八三年就過世了。（她當時還有用助行器耶！他們還是要看她的證件！）非法飲酒是這個城市的命脈，是城市生活所有財務問題的來源與解法。但當喬治亞州美式足球隊有主場比賽時，嗯，所有的規矩都會被拋諸腦後——這個有點古板的大學城，突然就會變成紐奧良。

這件事其實沒有像你想像的那麼混亂。雅典市不像密西西比州的牛津那樣神化美式足球賽週末——週六打比賽時，那裡就像《逃出絕命鎮》裡辦的派對一樣，每個人都戴著領結、頂著草帽。我們也不像路易斯安那州立大學的那些瘋子，為了譁眾取寵而到處放火。這對我們來說只是一個特別的週末假期，一年只有七次，所有人都參與其中，然後一口氣連喝三十六小時的酒（除了球員之外）。喝酒的目的不是為了遺忘。而是想為這個週末營造一股穩定而溫暖的氛圍，好讓你忘記無處不在、逐漸崩壞的人類文明……但也不會喝到讓你在比賽開始前就昏睡過去。提醒你一下，是真的每個人都這樣。這不是某些混蛋兄弟會成員的專利。整個州都這樣，從比較溫文儒雅的北喬治亞州開始，到亞特蘭大和近郊區裡比較年輕的畢業生、從亞特蘭大來的黑人專業人士、南部喬治亞州的農夫，以及從有點詭異、甚至有些嚇人的喬治亞／佛羅里達邊界來的怪人，每個人都是。

托大學城的福，從各方面來說，雅典市都是個逐漸進步中的城市。（我們的市長自稱是民主社會主義份子呢！）但在美式足球賽的週末，這裡就是所有喬治亞州代表物的集合體——所有的嬉皮份子、鼻音濃厚的白髮南方法官、足球員的媽媽、饒舌歌手、牧師、藥頭、音樂宅、會計師、學校老師、物理學教授和雞農全都聚集起來，讓自己身體的百分之六十五都變成波本酒，然後為鬥牛犬隊尖叫加油。

雅典市正中央的美式足球場就是召喚我們的燈塔。一年之中有七個週末，它是整個州唯一重要的事物，而我得說，這是個值得好好觀賞的美景。在這個世界上，沒有人有辦法達成任何共識，我們甚至沒辦法坐下來好好討論究竟想達成什麼共識，但只有美式足球，這個摧毀大學生腦子、他們甚至拿不到一毛錢的運動，這個豬腦袋們當作最後避難所的運動，竟能讓我們團結起來，真要命。我們能聚集在一起，穿著紅色的衣服，對彼此大吼大叫，並把所有糟糕的事情藏到某個地方，最遲最遲要到星期二才會再度出現，而這種機會一年只有七次，在這七個週末，我們可以拋下一切煩惱。讓我告訴你，這可不是件小事。

美式足球週末的另一個優點是，在這少少的七個週末裡，喬治亞州不鼓勵開車，或者至少不鼓勵聰明人開車。住在這附近的人會在星期五晚上把車停好，然後在星期日下午之前都會當作它不存在。這幾個週末是步行的聖殿，而這當然正中我的下懷——當行人變多時，駕駛會更注意他們，也比較不會看都不看就右轉，然後直直撞向你友善的好鄰居肌肉萎縮症電動輪椅駕駛。

我在住在這裡的六年裡被撞過兩次，而兩次的肇事者都忘了他們的擋風玻璃視野外還存在著整個世界。其中一次只是輕微的擦撞，一個魁武的南方老農民闖過路口的停止標誌，等他看到我時才緊急煞車。他跳下卡車，朝我衝了過來。我其實沒事，他只撞掉我輪椅上的漆而已。我當時還能說一點點話，所以我說：「沒關係，我沒事。不要擔心。」他看著我，當下就崩潰大哭了起來。一個體重一百三十公斤的鬍渣大哥，卡車的保險桿上還貼著「不要惹我」的貼紙，卻在那裡大聲哭嚎、涕淚縱橫，不斷重複著：「對不起，真的對不起。」那畫面真的滿驚人的。在那起意外中，他比我慘烈多了。

另一次，則是大約一年半前，肇事者是一個開著福特轎車的女大生。她當然是在車上滑手機了，所以在停紅燈時讓腳離開了煞車閥，而我正從她前方行經行人穿越道。這一次意外對我造成的影響就比較大了，我被撞得往前飛了一公尺，差點滾進往來的行車之間，還摔出輪椅外，我的身體落在右手腕上，因為撞擊而粉碎性骨折。直到人們開始按喇叭，她才注意到。她爬下車，有些頭暈目眩地看著我在地上抽搐，像剛被電擊過，或像準備騙犯規的足球員。那畫面應該滿怵目驚心的——只是我沒有醒著經歷這一切。幾小時後，我才在醫院醒來，瑪扎妮和崔維斯都在我身邊。他們得用咳嗽輔助機才能控制我的呼吸，但他們似乎認為我的手腕和臉頰上幾條可怕的刮傷才是最糟的。我甚至不是用這隻手駕駛輪椅。事情很有可能、也應該會更糟。我記得崔維斯哭得很慘，但大部分的時間裡，我都在昏睡。我們沒有對那個女孩提告，但她接下來二十年的汽車保險一定會會讓她破產的。歡迎來到我的世界啊，小姐。

但在比賽週末，所有人都會記得過馬路的時候要注意左右方。這週末的對戰組合是喬治亞大學和中田納西州大學，那是一間微不足道的大學，也是一支微不足道的球隊。這是我觀察人類的最佳時機。我可以駕著輪椅來到學校，在那裡坐好幾個小時，就只是看著人們。吸嗨了的大學生在那裡丟飛盤。兄弟會的男孩們坐在前廊上，搜尋著有什麼東西或什麼人可以破壞。年輕女孩們都還只是初生之犢，為了姊妹會的活動穿上正式的禮服。美式足球的狂熱粉絲會架設好串流影音，好讓他們整個週末都不會錯過任何一場球賽。他們會躲在角落，為鬥牛犬隊永遠贏不了重要球賽找出各種理由——我們受到詛咒了嗎、我們註定要失敗嗎、那個該死的柯比會帶大家殺出重圍的。老校友則會從四面八方聚集過來，這是他們的朝聖之旅，回到雅典市，回到老家來，回到他們曾經風光一時的地方，他們都還記得自己在這裡的模樣，想假裝自己還能再回到那段時光。孩子們會四處狂奔，因為他們知道自己在這個週末會比平常自由一點，但卻不完全確定原因。

星期四對我們這些在旅遊業工作的南部人來說總是十分繁忙，如果我也稱得上在這個產業工作的話。上頭鼓勵我們向旅客指出這類週末大學美式足球盛事，所以我回覆那些搭乘光譜航空前往塔拉哈西的二二七號延誤航班的旅客時，偷渡了幾句「塞米諾爾隊的大日子耶！」之類的句子。他們通常都會直接回我：「我知道，所以我才想要回去啊！」但他們最終會很高興我們理解這趟旅程的重要性。人們花太多時間在網路上對品牌帳號大吼大叫，所以每當他們意識到這些品牌其實也和他們活在同一個世界裡、知道比賽幾點開始時，都會有點驚訝。品牌也是人在經營的，你知道的。

我正在撰寫一封電子郵件，試圖說服某個來自查塔努加的傢伙別寄管狀炸彈到我媽家，這時，我聽到了熟悉的 Gmail 通知音。

我切換視窗，屏住氣息，然後開始讀信。

標竿男[25]：

對不起。我的確有點被你的貼文嚇到了。誰不會呢？所以我先前對你的態度有點太衝了，真的沒必要那樣。這週確實有點讓人暈頭轉向，你應該也猜到了，而我和愛欽第一次見面的事情被人撞見，也讓我覺得很不安。那是我和愛欽的私人時光，我以為那只屬於我和她。我只是很訝異有人在看我們而已。我告訴她這件事的時候，她也很意外。

25 譯註：丹尼爾的電子信箱是 flagpolesitta1993@yahoo.com，其中 Flagpole 意指旗竿、標竿。

所以，我們重新來過吧。我猜我們比自己想的有更多共通點，如果我們要這樣通信，我們就更像男人一點吧。畢竟這就是我們。我們是男人。你是個男人。我看得出來你是個男人。男人比女人友善，這是天性。我們更直接。你會直接說出你在想什麼、說出你想要什麼。女人就做不到這一點。這就是我和愛欽能那麼合的原因之一。她告訴我她想要什麼。這在女人之中是很罕見的。

你和我，我們現在有個小祕密了。這世界上只有三個人知道這個祕密。你知道她上了我的車，我知道她上了我的車，她也知道她上了我的車。你有看到電視嗎？大家都在找她。我想我早該知道會這樣了。只要有女生失蹤，大家都會驚慌失措。我就算死在這間辦公室裡，腐爛好幾個星期，都不會有人想到要來找我。但一個小小的亞洲女孩失蹤了幾天，就成了國際大新聞。我們生活的世界就是這樣。

唯一知情的人，就是我們三個。我不知道你是怎麼知道的。但你顯然就是知道了。所以我們當朋友吧。

我們可以當朋友嗎？跟我說說你的事吧。如果有幫助的話，我也會告訴你我的事。

我叫做喬納森。你看。看看這句話。我告訴你我的名字了。這比你做的還多了吧。我讓你知道我的名字了。現在告訴我你的吧。

喬納森　敬上

我今天的工作就到這裡結束了。

22.

他向我伸出了手。我應該也要伸出手。我發誓要在瑪扎妮帶我去貝爾教堂的集會前把信寫完。

喬納森：

我要叫你小喬。叫你小喬打字起來比較快。希望你能接受。

我得問你，愛欽還好嗎？她似乎對我很友善。我滿常在附近看到她的。她父母一路從中國趕來這裡找她。我昨天看到了她媽媽。你得告訴她，她媽媽來了，正在找她。她也許會想知道這一點。如果我就這樣失蹤了，我媽也會很害怕。你媽媽呢？我打賭她也會吧。

你想要知道更多我的事。我花太多時間在論壇上了，看來這點和你很像哈哈哈。我只是個普通人。待在家裡，一直上網。但你的車真的很酷。這會讓你跟愛欽這種女孩相處時比較吃香嗎？我猜一定會。我和女孩一直處不太好。我不太知道要跟她們說什麼。也許就是這樣我才會一直逛論壇，哈哈哈。

所以我有點困惑。愛欽現在和你在一起嗎？她待在你家嗎？你會說中文嗎？你和她是朋友嗎？

聊聊這件事，會不會讓你覺得比較好？我覺得有。希望你也覺得。

另外，我的名字叫做湯姆。但你可以叫我湯姆就好，哈哈哈。

湯姆　上

寄出。寄出。我寄出了。**寄出。**我用力關掉電腦，湮滅證據。

瑪扎妮不久後就衝了進來。「我們遲到了，我們現在得出門了。柯比會在耶，柯比也會去參加。」

〔我還得告訴他們我知道的事。〕

〔噢，對，還有這件事。〕

我也很期待到達現場。網路世界已經讓我開始覺得屋內世界就是最可怕的世界了。我們太急著出門，直到走了半條農業路之後，才意識到我們忘了鎖大門，所以得折回去把那扇該死的大門門上。但在我們回到家時，瑪扎妮停下了腳步。

「丹尼爾，崔維斯昨晚有來嗎？」

〔沒有啊，怎麼了？〕

「前廊上到處都是泥巴。」她說。「真是一團亂。」我駛出大門，發現她說得對。有人把泥巴踩得整個前廊都是。階梯上有、兩扇窗戶前也有，甚至連我媽去年來拜訪時買的搖椅腳邊也有。真是黏膩、骯髒的一團亂。在紗門前，我看見一個像靴子腳印的東西。

〔為什麼前廊上會有腳印？〕

〔很奇怪。我也不知道。〕

瑪扎妮嘆了口氣。現在沒有時間處理這個了。這只是需要收拾善後的另一樁屁事。

「也許只是某個喝醉酒的大學生迷路了。」她說。崔維斯昨晚沒有來。至少我沒有聽到他來。他如果有來的話，就會進門，對吧？也許只是某個來幫我翻身的看護。但顧名思義，他們都是謹慎且一絲不苟的人。把前廊踩得都是泥巴非常不符合他們的個性。

但現在沒有時間了。瑪扎妮把乾掉的泥巴掃下走廊，推著我走下斜坡，然後我們朝校園前進。

23.

雅典市已經開始躁動起來了。在有比賽的星期四，大部分教授都取消了下午兩點以後的課，星期五則直接放假，讓學生可以公開造反。就算是在這麼美好的午後，從五點區前往市中心也是一段漫長的旅程，而瑪扎妮不得不配合最討厭被別人說跑太快的我。當我們抵達時，她已經渾身大汗淋漓。瑪扎妮和我接近北院區時，我們就已經聽得見人們的吶喊聲，比愛欽那場大集會預定開始的時間還早了一小時。

「為了愛欽！我們要正義！為了愛欽！我們要正義！」

貝爾教堂四周從博德街一路到喬治亞大學噴泉的這一整片地區，全部都擠滿了人，而且不像昨晚的活動，今天這可不是一場肅靜的集會。整個群眾更像是政治集會，甚至是某種抗議活動。昨晚的氣氛是悲傷，主題是可憐的父母與他們所受的折磨。但今天的集會卻不可否認地帶著一絲憤怒的意味。有一個看起來年近三十的女人正站在噴泉邊緣，拿著一個大聲公，一群學生志工則在一旁忙著搭建講台，大概是校長、參議員和柯比・斯馬特等一下要站的地方。那女人身上穿著的T恤印著愛欽的照片，寫著「我們的聲音不會被扼殺」。以過去幾天內才製作、生產完成的產品來說，它看起來質感倒是不錯。

這女人看起來不像受邀的演講者之一，但顯然她有很多話想說。「喬治亞州立大學一直都試圖邊緣化亞裔學生。」她喊道。「搜索劉愛欽的行動這麼拖拖拉拉，正是另一個例子。如果一個姊妹會的白人女孩失蹤了，你覺得他們會過兩天才開始搜索嗎？只有我們的聲音才能把他們叫出來，為愛欽而戰。為愛欽而戰！」

大約五十個人左右的群眾尖叫著回應道：「為愛欽而戰！」

我太受這個女人和這場抗議的吸引，因此我拋下瑪扎妮，往前駛去，基本上完全忘了她的存在。（但她很快就提醒了我。她追上我，並彈了一下我的耳朵，為我拋下她自己跑掉的行為給我一點教訓。）女人又繼續說了幾分鐘，然後把大聲公遞給了另一個人。她從講台上走下來時，差點踩到我的輪椅，而這正是我想讓她發生的事。

「噢，對不起，不好意思。」她說，表情立刻緩和了下來。她汗水淋漓，頭髮一團亂，看來剛才那場演說使她氣力耗盡。我低哼著表示沒關係，然後對瑪扎妮點點頭。瑪扎妮已經不是第一次擔任我的發言人了。女人困惑地看著瑪扎妮。

「對不起。」瑪扎妮說。「我叫做瑪扎妮，我是和丹尼爾一起來的。」

「哈。囉。」我透過發聲器說道，然後試著露出有點心虛的微笑。

「由於他拚了命地把我拖來這裡。」瑪扎妮說。「我想丹尼爾是想更了解你的組織。我得承認，我自己也很好奇。」

女人再度露出微笑，對我們揮手示意，把我們帶離了群眾。「當然好。」她說，一邊拍了拍我的輪椅，好像那是我的手臂一樣，我突然間覺得溫暖了起來。她說她叫做蕾貝卡．李，在從這裡往亞特蘭大差不多一百公里的關奈特郡長大。她的父母都是第一代中國移民，在艾默里大學當教授。她來喬治亞州立大學唸書，並在這裡唸完哲學碩士，現在則在攻讀博士學位。她以後想要教書。我注意到，當她說話時，她看的是我，而不是瑪扎妮。這總是讓我很感激。

蕾貝卡一直都參與很多學校的亞裔美國人組織，也十分相信，愛欽的失蹤與學校展開行動所耗費的時間，呈現了文化歧視影響廣闊，不只存在於大學校園內，更是整個美國的現象。「人們要不是忽略我們，要不就是認為我們要佔領美國了。」她告訴我們。「我們只想成為這個學校、這個州、這個國家的一份子，就和其他人一樣。」

瑪扎妮打岔道：「但看起來他們尋找愛欽的速度滿快的，不是嗎？」

蕾貝卡皺起眉。「不夠快。」她說。「最初的二十四小時太重要了。現在已經經過了好幾天，他們卻還是一點線索也沒有。雖然很難過，但這確實滿典型的。」

她再度轉向我。「很高興你來了。」她說。「我們需要所有可能的幫助。」她給了我一張名片。「這是我的電子郵件。」她說。「可以隨時聯繫我。我們需要更多好奇的人參與。」

喔，我確實有些資訊可以引起你的好奇心。這女人絕對值得我們拓展交換某種可能資訊的小圈圈。

我才剛打完「我。看見。她了」，準備用發聲器唸出來時，瑪扎妮卻突然用我所見過最奇怪的表情看著我。她被蕾貝卡感動了嗎？還是因為這場集會？不，不只是這樣。她的表情扭曲得超越了悲傷、難過或是同情。她看起來很害怕。不，也不只是這樣。她看起來很警戒。她看起來像我背後站了一隻熊似的。

她發出一聲大喊：「噢！」讓蕾貝卡很快也擺出了一樣的表情。

我不知道發生了什麼事，然後我才意識到，噢，我懂了，我知道她們在焦慮什麼了：

我現在沒辦法呼吸。所以才會引起這麼大的騷動。

我沒辦法呼吸。她們顯然比我還早發現。

現在我也發現了。

24.

順帶一提，我可以吞嚥，如果你正在有意無意地猜測這件事的話。這句簡單的陳述句也許聽起來很理所當然，對你來說或許還有點噁心，但這件事其實讓我很自豪。不是每個得了肌肉萎縮症的人都能自己吞嚥，而如果我失去了這個能力，我就永遠回不去了。如果你把一根吸管放到我的嘴唇之間——而且你必須幫我這麼做——我就可以把水從吸管吸進嘴裡，流過喉嚨，然後進入食道。我幾個有肌肉萎縮症的朋友都做不到這一點，有些人一輩子都沒辦法這麼做，但我可以。我可以吞嚥。呀呼。

但是我沒辦法咳嗽。大部分的人不會對咳嗽這件事投入什麼情感。你不會為了好玩而咳嗽。咳嗽就只是一件自然而然發生的事。就像抓癢、眨眼、彈舌頭一樣。我試著不要去想沒得肌肉萎縮症的人平常都把什麼事情視為理所當然，因為那樣想下去，我會發瘋。而且再說，每個人都做得到一些別人做不到的事。儘管地球上到處都是盲人，我可不會每天都想著：老天，我還看得到，真是太好了，我好幸運。我不期待那些可以將身體運用自如的人（如果你想這麼說的話）可以每天都對自己一直都能做、又不會去多想的事情心存感謝。就做你該做的事就好了，老兄。

但咳嗽是一件大家都覺得理所當然的事情。你把這件事看得太理所當然了，你甚至不會去想像，如果有一天你辦不到了，日子會變成什麼樣子。你也許根本不知道有人做不到。

但我做不到。我從來就做不到。肌肉萎縮症會攻擊並破壞肌肉的組成——這就明明白白寫在它的名稱裡——而肌肉裡最重要，則是肋間肌肉。這些肌肉分佈在你的肋骨之間，而基本上，就是它們讓你能夠呼吸。但如果你罹患肌肉萎縮症，你的肋間肌就會非常虛弱，從出生就是這樣，而在你有肌肉萎縮症的狀況下，當你長大，你的肌肉也不會變得強壯。讓我們可以呼吸的肌肉叫做橫隔膜，但它需要肋間肌的協助，而如果你有肌肉萎縮症，嗯，那你的肋間肌根本派不上用場。所以我們的肺虛弱了點，我們沒辦法像其他人一樣製造夠多二氧化碳，而且——這是最糟糕的一點——我們的肌肉沒有強壯到能夠咳嗽。想想你的腿，你就很容易理解肌肉萎縮症。你的腿上有肌肉，肌肉萎縮症會傷害你的肌肉，所以你不能走路。但咳嗽和走路一樣都需要靠肌肉。如果你不能走路，那很糟糕沒錯，但這殺不死你的。沒辦法咳嗽卻會死人。

當你的食道、氣管或是你的肺部有不該出現的東西跑進去時，你就會咳嗽，把它弄出去。咳嗽的目的就是這個。如果你沒辦法把它弄出去，你就會死掉。也許你是噎到。也許是你的什麼部位感染了，而且擴散得到處都是。（所以對得了肌肉萎縮症的人來說，肺炎就是死刑。）也許你的氣管被堵住了，而你沒辦法把障礙物排除，那麼，嗯，就這樣了。你想知道肌肉萎縮症患者通常是怎麼死的嗎？就是這樣死的。有什麼東西擋在你的嘴巴和你的肺之間，然後怎麼樣都弄不出來，然後你只需要幾分鐘，就咻的一聲結束了。前一分鐘你你還在看愚蠢的遊戲節目，思索主持人有沒有用髮片，下一分鐘你就突然無法呼吸，然後一百二十秒之後，你就得到了人生最後一個問題的解答。毫無預警。

這件事情在我身上發生好幾百次了，但通常不是什麼大事。如果是在我睡覺時發生的，那我甚至不會注意到，因為我睡覺時會戴面罩。面罩連著一個咳嗽輔助機，所以當我吸氣時，它會給我一點空氣，幫助我的肺部伸展，當我吐氣時，它會提供抽氣的助力，把可能堵在我氣管裡的東西吸出來。只要堵在我氣管的東西沒有完全堵住通道，就會有足夠的氣流進出，讓東西鬆動下來，我就不用咳嗽。有時候，你去睡覺前會感到很害怕，因為四周一片漆黑，而你感到很無助，你體會過這種感覺嗎？我在晚上其實還安全得多。如果我白天在這世界上移動時也戴著那個面罩，我也會一樣安全。也有些人會這麼做，但我自己還是寧可不要。我可不是風暴兵。

所以我只要和別人出去，都會帶著一台咳嗽輔助機。它不大，只是一個小小的箱子，可以塞在我的悍馬輪椅下方，它擁有電池驅動的迴旋機械，可以提供吸力。你只要把它放到我的臉上，大約只需要四十五秒左右的時間，一切就會恢復正常。我只需要對瑪扎妮或崔維斯，或者任何和我在一起的人打個手勢，他們就會知道要打開開關、拿出箱子，然後把面罩放到我臉上就好了。這沒什麼不尋常，也沒什麼好奇怪，更沒有什麼好怕的。這只是你得了肌肉萎縮症之後，你根本就不會注意到的眾多煩人小事中的其中一件。如果我停止呼吸一秒鐘，你就抓起面罩，把面罩戴在我臉上，認定這會有用，你就可以繼續過你的日子了。

除非。

瑪扎妮的表情驚恐至極。我花了一點時間，但也逐漸意識到了。我們是在不尋常的緊急狀況下衝出門的。瑪扎妮想看柯比。我想要遠離和喬納森有關的破事。我被警察來訪的事分神了。前廊上莫名出現泥巴。市中心有這麼多活動。天氣如此美好。這世上沒有什麼比秋天的雅典市更美麗了，各行各業、各個階層、形形色色的人們，癮君子和運動員、農民和諾莫爾敦的嬉皮人士、父母和祖父母和孩子們，全都聚集在大校園中一片翠綠的大草原上，全部遠離自己的螢幕、煩惱和恐懼，還有任何讓他們在半夜失眠的事物。他們是為了柯比而來，為了愛欽而來，為了外頭燦爛的陽光而來。他們全都聚集在此，令人興奮不已，而人生並不是隨時都這麼令人興奮。而當這樣的時刻來臨時，當某些特別的事發生時，你會急急忙忙地衝出家門，想要欣賞、想要參與其中，但你忘了，時不時會有一小團不知從何處出現的痰，堵住你的氣管。當這件事發生時，你需要一台機器把它清出來，只是你急著出門，所以你把那台該死的機器留在廚房裡，就放在果汁機旁邊。

然後你才意識到，你不知道你的下一口呼吸會從哪裡來，或者到底會不會出現。

25.

26.

在電影裡，當你從某場意外中甦醒過來時，你睜開雙眼，會看到你愛的人伏在你身上，喊著你的名字，就像某種結合了愛、擔憂與奉獻的咒語。你會尋找光芒。光芒會把你從死亡邊緣拉回來。

作為一個從這種狀況裡醒來數十次的人，我很不想告訴你，事實才不是那樣。首先，你醒來的時候，才不會完全躺平、正眼看著天花板，而且你真的要感謝上帝，因為只有死人才會這樣躺。要活著、並且保持活著，你的身體會更加扭曲。他們會用東西戳你，把你翻過來又翻過去，把你的腿拉過來，又把你的手臂推過去。你一定會被扭成一團。你醒來時看見的第一樣東西絕不會是別人的臉，通常會是你的腋下或是屁股，或是地磚。還有一次最讓我印象深刻，我看到的是我朋友的貓，牠不安地看著我，思索著我到底在那裡搞什麼鬼。

昏迷一段時間後再醒來，最奇怪的是那種斷層的感覺。你得花上一點時間才能回答某些最基本、與健康狀況息息相關的問題；同樣地，那也是在日常生活中你不會想到要問的問題。我在哪裡？我是怎麼到這裡來的？我在這裡躺多久了？我身邊的這些人是誰？發生了什麼事？那隻貓是誰啊？

這次我醒來時，我的左腳距離臉只有大約十五公分。我只穿著一件內褲，是一件蝙蝠俠設計款，現在這件內褲讓我覺得滿尷尬的，因為我不知道此時此刻和我一起在房裡的人有誰。我在心中告訴自己：**我再也不要穿蝙蝠俠內褲了**。就算沒有蝙蝠俠內褲，身障人士本身就已經很容易讓人覺得我們只有小朋友等級的智商了。饒了我吧。

我聽見嗶嗶作響的聲音。房間天花板上釘著醜陋的日光燈，四周閃耀著白光，讓我完全回答不了我在哪裡、誰和我在一起這類問題。我聽見低語聲，然後我的下背傳來一陣銳利的疼痛。感覺像一根針，但是一根非常粗的針，好像某人把花園用水管變成了針頭，然後刺進我的脊椎一樣。我聽見房間角落有冷氣機運作的聲音，頭頂上也有一盞吊扇正在旋轉，但我還是覺得自己身處在四十三度的高溫之中。我的頭髮浸滿汗水，我可以感覺到汗珠從我的脖子流到背部。我的右手上有一點點血。大概是我的。（希望是我的？）

有人把一隻手蓋在我的嘴巴上。他規律地把我的嘴巴打開又闔上，每過幾秒鐘，他就會抓住我的嘴巴，然後放開，再抓住，然後再放開。他為什麼要這樣？這是誰啊？他的手為什麼這麼冷？然後我就搞清楚了：我戴了面罩。這樣就好了！面罩是好東西！沒戴面罩才會出問題！不論我現在人在哪裡，有人找到了一台咳嗽輔助機。這代表有人在救我。這意味著我大概在醫院裡，或者我可能身處於喬治亞州立大學裡最頂級規格的宿舍裡。

總而言之，我還沒死。這是好事！

＊

我再度昏迷過去。瀕死但沒有真的死去很消耗一個人的精力。

天知道過了多久，我又再度醒來。這次我的腳不在臉前面了。我也沒有看到貓。我側身躺著，仍然戴著面罩，不過我覺得我可能不需要了。似乎沒有東西堵在我的喉嚨或肺裡，我呼吸得輕鬆又自由，而且老實說，我感覺棒透了，好像睡了整整三天似的。我把頭轉向右側，所有的關節都發出了喀喀聲，我的脖子怒吼著抗議我把它從沉睡中喚醒。我睜開眼睛。房間現在感覺沒那麼白了。這就只是一間普通的病房，和其他病房如出一轍。

我現在更能好好觀察我周遭的一切。電視上播的是**ESPN**體育台，調成了靜音，但儘管電視沒有聲音，我還是能依稀聽見兩個中年男子對彼此尖叫的聲音。窗簾拉上了，但我知道外面應該是晚上。我在這裡多久了？嗶嗶聲已經停了，我猜這代表我的心臟還在正常跳動吧。被單潔淨而乾爽，代表稍早之前這張床上一定發生過什麼需要隱藏的恐怖事件，所以他們不得不整套換掉。床尾擺著一個寫字板，上頭夾著一張表格。兩張訪客座椅上都疊著《標竿》週報，那是雅典市的另一份週刊。兩張椅子都靠牆放置，沒有任何訪客在這裡。（我的網路暱稱就是從《標竿》週報來的，同時也是向哈維危機[26]的老歌〈坐在標竿上〉[27]致敬。你知道，因為我一直都坐著。我很聰明吧。）角落掛著一張喬治亞美式足球隊前教練文斯．杜雷的照片，上面還有他碩大的簽名：「謝謝雅典區，鬥牛犬隊加油！」我的輪椅不在房內。也許他們是想確保我不會自己落跑。遠處傳來汽車喇叭聲。也許開始

26 Harvey Danger，一九九三年於美國西雅圖成立的另類搖滾樂隊。
27 Flagpole Sitta，Harver Danger 的成名曲。

下雨了。我可以聽見走廊的另一端傳來輕微的呻吟聲。我的膝蓋有點痛。

我終於找回了五感。我還活著。

門打開了。瑪扎妮走了進來。她的妝花成一團。瑪扎妮居然一直都有化妝。我完全不知道女人每天都需要做些什麼。她的頭髮從頭巾底下刺了出來，如果她有機會注意到，這應該會讓她很不爽。

「噢，丹尼爾。」她邊說邊往我身上撲了過來，但我不太享受這樣的動作。我低哼了一聲，她便放開我，把一縷頭髮從臉上撥開。「對不起。我嚇壞了。」

〔謝謝你。我沒事了嗎？〕

〔對，我們有即時把你送來。〕

〔你還好嗎？〕

（她一陣沉默，然後哀傷地點點頭。她抹了抹眼睛。）

〔我是怎麼過來的？〕

「有一個女警。」她說。「她看到我嚇傻了，因為我怎麼樣都沒辦法把你的痰清出來，你的臉色也開始發青，她便跑到你身邊，開始幫妳做人工呼吸。」我輕笑起來。每個人都想做這件事。這其實沒什麼幫助，但會讓人看起來像個英雄。

「我把她從你身上拉開，然後一個男人抱起你，把你帶離草地。」瑪扎妮說。「那個友善的女人蕾貝卡，她的車就停在附近，所以我們立刻就開車過來了。有人叫了救護車，但我們沒有時間等了。我們把你送進醫院，他們立刻就幫你戴上面罩。但我們都嚇壞了。看來你有很長一段時間沒辦法呼吸。」

我低頭看著自己的身體。我身上都是割傷和擦傷，沾滿血跡，從我的腳踝到大腿，兩腿都是。我對瑪扎妮聳起格魯喬之眉。

她哭了起來。「那個男人一開始有把你摔下去。」她說，然後用雙手摀住臉。她為此感到難過不已，但她真的不需要。一個好撒馬利亞人試著幫助一個快要窒息的可憐瘸子，卻在抱起我的那一刻又把我摔到人行道上，客觀來說，這畫面其實滿好笑的。大家有沒有倒抽一口氣？他們有沒有以為他是想抱摔我？這就像一幅搞笑漫畫。我來幫忙了！我來救援了！但首先，我要把他當成籃球運一運！我的胸口開始起伏，瑪扎妮警覺地跳了起來，然後才意識到我是在笑。她微笑起來，我猜這是她幾小時以來的第一個微笑。

我想我沒有看過瑪扎妮這麼擔心。

門再度打開。喜劇演員衝進房內，攝影棚裡的觀眾群起鼓掌，看啊，各位，我們最好的朋友崔維斯從走廊上出現啦。他身邊還跟著一名警察。是我們的老朋友韋恩・安德森員警。

「老兄，搞屁啊。」崔維斯說。「難怪我在集會上怎麼樣都找不到你。」他打量了我一圈。「你是跟線衛打了一架是嗎？」他的一隻手溫和地放在我頭上，並把玻璃杯中的吸管湊到我的嘴邊。我對他眨了眨眼。

我注意到他身後站了一個女人。她似乎不介意整個房間裡的人都像忘了她的存在。「嗨，我是珍妮佛。」她說。「我們在集會上見過。」我記得。她人很好。「哇喔，你還好嗎？」

她不像其他人，看到我現在的狀態時，她對我說話時並沒有把我當成三歲小孩，或是把我當成樹樁似的從我頭頂上看過去。她直直看著我的雙眼。我已經喜歡上這個女孩了，而我覺得一切都會沒事的。

安德森警探開口了。「聽著，丹尼爾，我只是想要確認你沒事，但崔維斯告訴我一些十分重要的資訊，我昨天去拜訪你時，我，嗯，沒有確認到。」他是個魁武的男人，但當他對自己的言行不太肯定時，就又變成一個穿著尺寸過大的警察制服的小男孩。「等你，呃，好一點，嗯，緩過來的時候，我會再來，我們就可以做筆錄了。」

我對他點點頭，他便撇開頭。我注意到他左手二頭肌上的亞特蘭大獵鷹隊刺青。這傢伙只有十一歲吧。

我看向瑪扎妮。

〔**我可以離開這裡嗎？**〕

「有個醫生會來看你，但是，對，我想他們會讓你出院了。他們把你喉嚨的痰抽掉，一切也都檢查好了。他們甚至做了一個……我的天啊，這裡是怎麼了？」她把我翻了過去，我們發現床上有一小灘血跡，就在我的下背處。

「噢，靠。」崔維斯說。「看看這個。是一根釘子。」是一根釘子。有一根小釘子在床上。這一定就是我剛剛感覺到的花園水管了。這東西是怎麼掉到床上的？為什麼我的床上會有釘子？

珍妮佛笑了起來。「明明有這麼多可能性，結果你最後卻因為破傷風而死啊。」她說。就像我說的，我喜歡這個女孩。

27.

這種時候，你會心想：我為什麼沒死？雖然有東西堵住我的呼吸道算是滿常發生的事，但箱子和抽氣面罩不在手邊卻不是。如果痰卡在那裡，我又沒辦法把它清掉，而它堵住我的氣管超過兩分鐘之類的……我怎麼沒死呢？

回到崔維斯的卡車上後，瑪扎妮試著向我解釋。

我愛崔維斯的原因很多，但他把他的F－一五〇卡車為我客製化改裝，讓我能直接坐在車廂裡，也許是最棒的原因之一。在我搬來這裡幾個星期後，他和他媽媽就跑去一間汽車修理廠，問他們能不能幫我們訂製某種機關，讓我把輪椅鎖在上面。一個年齡稍長、蓄著山羊鬍的魁武技師說他名叫布萊恩，他的兒子罹患了囊腫性纖維化症。他接受挑戰，打造出一個四層系統，讓我能夠在卡車後方共乘。我們稱這個裝置為猛瑪象。四層系統分別如下：

一、**電梯**。你得把我和我的輪椅抬到卡車上。布萊恩打造了一個迷你輸送帶，把我的輪椅送到車廂前端，並把我固定在一個座位上，讓我的頭背對崔維斯的後照鏡，得以看到街道。在情況允許的時候，我喜歡在車陣中對著我們後方的人比出大拇指。他們都會樂得發瘋。

二、圍欄。輪椅就定位後，每一個輪子周圍都有鎖條，可以把輪椅固定在原地，確保我不會在崔維斯加速時從卡車後方飛出去。

三、安全帶。布萊恩設計了一個工業強度等級的座椅和胸背帶，那是他透過一個空軍朋友的管道，從一架舊戰鬥機上拆下來的。這聽起來要多威就有多威。隨時歡迎你來追我的車尾燈啊，福特小牛。

四、共乘。他還準備了另一個座位給我的看護，就在我的座位旁邊，有自己的背帶和安全帶，還有自己的圍欄。

當我們坐在卡車上時，我和瑪扎妮看起來就像最老土的那種國慶遊行國王和皇后，就像兩個瘋子坐在卡車的車廂裡。這個機關十分安全，卻不十分合法。這個視覺效果太驚人，人們又太喜歡我們，所以每個看見我們的警察都只會問我們是在哪裡做的。我不會推薦你帶我去越野冒險，也最好避開高速公路或州際公路，但在雅典市區移動，我們還是滿拉風的。

對我來說，我得以在時速六十五公里的前進速度下一邊享受風吹過我的髮際，一邊曬太陽。

而瑪扎妮討厭猛瑪象，特別討厭在搭乘猛瑪象時嘗試跟我說話，更是痛恨在認為自己差點害死我而哭得亂七八糟時，邊搭乘猛瑪象邊跟我說話。

「你沒有完全被堵住！」她喊道，試著讓聲音壓過引擎聲、風聲，還有博德街上因為週五比賽夜而喧鬧不已的人聲。我靠向她，試著用我的眉毛詢問後續，但我的眉毛上沾滿淚水，軟塌不已。在猛瑪象的車廂內和瑪扎妮溝通很困難，但一切都是值得的，因為我們人在外面，天氣優美，風把我的頭髮吹向四面八方，而我才剛從瀕死狀態恢復過來。

「只是一小團痰而已！堵住了你一下子，所以你才不能呼吸，所以你才會暈倒！」我們在等紅綠燈。她頓了頓，喘了口氣，然後擦了擦眼睛。瑪扎妮的今天過得很漫長。「你昏過去、我們在一旁忙碌的時候，一部分的痰一定是自己化開、排出來了。所以你才又開始呼吸。噢噢噢噢噢！」崔維斯踩油門的力道有點太大。他在綠燈時總是加速得太快，就是因為他知道我喜歡，瑪扎妮則討厭他這樣。她真的很厭惡猛瑪象。

她拍打著車窗。「崔維斯!別這樣!」我可以從風中聽見他的笑聲。珍妮佛坐在他身邊，跟著大笑，儘管他們兩天前才認識，而且兩人認識的時間大多都在為一個失蹤的女孩哀慟，還有幫助他的殘障朋友，而且她顯然還是搞不太懂我得的這種病。真是了不起的第二次約會。

瑪扎妮調整好自己，繼續說下去。「所以你就是運氣很好。這就是為什麼我感覺這麼糟糕，丹尼爾。我們今天之所以沒有失去你，是因為那團痰自己化掉了。只是純粹幸運而已。」

我看著她。

〔等我一下。我想說個笑話。〕

〔這沒什麼好笑的，丹尼爾。〕

〔你就等一下，好嗎？〕

我瘋狂地在手機上點擊著，想啟動我的發聲器。我打錯字了，不得不重新來過。瑪扎妮的腳點踏著地面。

〔我現在不想笑，我也不知道你為什麼會想笑。〕

〔該死，瑪扎妮，你就等我一下。〕

〔我不懂那團痰為什麼會化掉。〕

終於好了。我的發聲器嗡嗡作響。

「因為。那。男人。把我。摔。下來。了。」

瑪扎妮微微一笑，面帶倦容，疲憊至極，她還沒準備好拿這件事開玩笑，但她很高興我可以。「我只是很高興你沒事了。但我的錯誤實在讓人無法接受。」她頓了頓。「無法接受。我很可能會害死你。丹尼爾。我趕著出門，我手上事情太多，這裡又有這麼多活動，我就忘了帶你的箱子就跑出來了。真不敢相信我居然做出這種事。這實在無法接受。」

我再度對上她的視線。

〔別說了。這種事都會發生的。我也忘了啊。〕

〔我的工作就是要保護你。〕

〔不。你的工作是在這裡陪我。你有。你現在也是。你現在就在陪我。〕

我看向左邊。

〔我們現在到家了。我很安全。你很安全。我們很幸運。我們回家吧。〕

猛瑪象怒吼著停了下來，崔維斯和珍妮佛跳下卡車，把車廂的門放下。她跳進車廂裡，把我的安全帶解開，並打開輪椅的圍欄，好像她是個專家一樣。我困惑地看著她。

「嗯，你總不能整天坐在這裡吧。」她說。

瑪扎妮停留在後方，保持沉默，低垂著頭。我對她低哼一聲，試著呼喚她，試著讓她動起來。這不是她的錯。我得的這種病，最終都一定會害死患者，也一定會害死我。我很高興不是今天。我希望很久、很久以後才會發生。但我們就別自欺欺人了。這一定會發生，而當它發生時，我不希望瑪扎妮、崔維斯、我媽或是突然成了我們這個奇怪小家庭的女主人的珍妮佛為了這件事折磨自己。

我不能讓瑪扎妮這樣。我不能讓任何人這樣。今天很可怕。但每一天都很可怕。我們不能在這星球上天天愁眉苦臉，等著某種東西跑出來殺死我，或者擔心某種東西會害死我們所愛的人。我不會瞪著一片虛空的遠方，等著一切走到盡頭。我當然也不會讓她這樣做。我要的可不是這種陪伴。

在我再度發出哼聲之前，珍妮佛突然毫無預警地用一本捲起來的宣傳手冊，敲了一下瑪扎妮的鼻子，像是在教訓一隻又在地毯上亂尿尿的小狗，並像卡通人物般發出「噗」的一聲。這女人。她有正式見過瑪扎妮嗎？

「該下卡車了，小姐。」她說。「史蒂芬・荷伯[28]的節目二十分鐘之後就要開始啦。」

令人敬畏、令人恐懼、疲憊不堪又美好的瑪扎妮，看著眼前這個不知道從哪冒出來，卻表現得像女當家一樣的奇怪女子。她瞪視著她一會，然後又過一會，注視得有點太久了。我看見珍妮佛的背緊繃起來。

然後瑪扎妮把手縮進袖子裡，舉起手臂，然後輕輕點了一下珍妮佛的鼻子。

「噗。」

我試著笑出聲，但我做不到。這一刻的不確定性，和我輕微倒抽一口氣的反應，顯然讓瑪扎妮恢復了注意力。我們一進到前門，瑪扎妮便開始打掃房間、把一切擺放整齊，回到了她的預設模式。她正準備開始掃廚房時，又突然停下了腳步。

「怎麼搞的？」她說。「到處都是泥巴。」

真的。整個廚房的地板都沾滿了潮濕、黏膩的泥巴。不是乾涸的泥巴，而是新鮮的

28 Stephen Colbert，美國電視節目主持人、喜劇演員，曾獲頒艾美獎及葛萊美獎。主持電視節目《史蒂芬・荷伯晚間秀》。

泥巴，還有一灘灘雨水積在地上，空氣裡散發著一股濃烈而潮濕的氣味，聞起來非常……新。瑪扎妮轉向崔維斯，準備對他大吼，但他在進門的時候已經把鞋脫了。珍妮佛的鞋就擺在他的旁邊。這一團糟的場面才剛發生。而且不是我們造成的。

我抬眼看向瑪扎妮。

〔是夜間看護來過了嗎？〕

〔他們通常不會這麼早來。而且他們也沒這麼粗魯。〕

〔這好噁。怎麼回事？〕

〔我不知道。是誰來過這個房間？〕

〔瑪扎妮。〕

〔嗯？〕

〔我很累了。〕

「當然了，當然了。我很抱歉。」她說。她把我推進臥室裡，開始解開我的襯衫釦子。我的手機突然開始放聲大叫。是一通視訊電話。一張曬黑的臉上掛著微笑，看向我。那張照片是她去年在巴貝多拍的。她當時和某個男人在一起。法蘭克？還是卡爾？

〔噢，媽。發生了好多事啊。〕

28.

「對，對，我可以叫他來視訊。等等喔，安琪拉。」

我們回到家了，我好累，所有人都好累，老天，真是驚人的一天。但是當她聽說今天發生的事後，我實在無法怪媽媽想和我聊聊。

我突然意識到，我完全不知道我媽現在在哪。我和媽聊天的時候，我會坐在輪椅上，看著電腦螢幕，她就能透過視訊看到我，然後我會用谷歌聊天和她對話。我不太確定為什麼媽媽這樣也會滿足，因為她能看到的就只是我用滑鼠回應她對我說的每一句話而已，不過我想她就是喜歡看我擠在輪椅上，然後像六歲小孩一樣穿著整套睡衣。（我討厭這套睡衣。）再說，伊利諾州的時間比我們晚了一小時，所以也許她還不像我們其他人這麼累。

不過現在她不在家。我覺得我好像看到她身後有個游泳池。還是海灘？有個陰暗的人影在背景移動著，是個男性，還有某種嗡嗡作響的噪音，也許是他在吹頭髮之類的，我不太確定。那傢伙是誰？她現在在哪裡？

「你看起來糟透了。」

（輸入中……）

（輸入中……）

（輸入中……）

謝了，說得真好，媽。

「瑪扎妮全都告訴我了。別把發生的事怪在她頭上。以前我也發生過。我知道要記得那個箱子是件簡單的事，但你就是會忘記。所以我幾乎都把箱子放在輪椅下面，這樣我就不用去記了。」

（輸入中……）

（輸入中……）

（輸入中……）

我不怪她。你在哪裡？

「我在牙買加！我和一個……朋友來這裡度假。是我同事！學校還沒開學，所以我想在學生回來之前再渡個小假。」

我很好奇她在背景走來走去的那位所謂的「同事」是誰，但話說回來，今天已經夠長了。如果她想說，她可以之後再告訴我。

（輸入中……）

（輸入中……）

（輸入中……）

希望你玩得開心。媽，我很累了。

「我懂，我懂！我只是想要看看你。你已經很久沒有發生這種事啦。」

她看起來在擔心，但是還算平靜。我確定瑪扎妮把事情的嚴重性描述得小很多，而且在視訊上她應該也看不太出什麼。她看起來……輕鬆開朗又傻呼呼的。我為她感到開心。我不會破壞她的夢幻假期的。

她開始對著螢幕外的某個東西咯咯笑了起來，現在我不好奇，也不想知道任何事了。「夠了、夠了！」她對那個某人說道，也許是某個全身滴著椰子油、穿著三角泳褲、把水果頂在自己生殖器上的彪形大漢，管他的，但我想她開心就好。「夠了！我在和我兒子說話，噓！」

她把臉上的頭髮撥開，在腦後綁成一束馬尾，然後戴上一頂帽子。「嗯，我們要去打網球了。」她說。我突然搞不太清楚牙買加和美國的時差了。「告訴瑪扎妮，你那裡有什麼新進展都要跟我說。我只是很高興你沒事。」她對著螢幕動了動手指。「別忘了箱子喔。」

（輸入中……）

（輸入中……）

（輸入中……）

我不會的。

我頓了頓。

（輸入中……）

我在強裝勇敢，我也希望她可以好好享受假期，但是……

（輸入中……）

……不知道耶，我想我有點被今天的事嚇到了？今天晚上我的心跳都緩不下來。我沒辦法正常思考。

（輸入中……）

不知道為什麼？是因為很久沒有發生這麼可怕的事了嗎？或者只是因為我變老了。我現在二十幾歲，對你們所有人來說是正要開始發光發熱的年紀，對肌肉萎縮症患者來說卻是老到不行了。

（輸入中……）

那些和我一起長大的肌肉萎縮症孩子們，現在大多已經死了。我還有個住在伊利諾州的朋友還活著，但他現在只能臥病在床，住在他父母的農場裡，從來沒有離開屋子過，只是休養著，讓日子一天天過去，直到他一天也不剩為止。亞特蘭大那裡有個我見過幾次的女孩，她的狀況比我好一點，她甚至有男朋友。（她說有次他們在親熱時，不小心弄斷了她的髖骨，但那是幾年前的事了。）但除此之外，我們這群裡沒幾個人還活著了。現在的肌肉萎縮症孩子可以活比較久了。他們還是嬰兒時就可以開始使用脊瑞拉注射液，讓肌肉強壯一點。如果我晚二十年出生，我也許更有機會活到四十幾歲、五十幾歲、甚至六十幾歲。

（輸入中……）

但我不得不承認，我確實每天都覺得自己又變虛弱了一點。我恢復的速度變得更慢了一些。那些小小的陣痛和痛楚都持續得更久了一點。每天早上起床都讓我覺得煩躁。我一直都很自豪我對每天早晨都充滿渴望、對生命充滿渴望，我活力充沛、熱情洋溢，對這世界抱持著感謝，我覺得自己好幸運可以擁抱這個世界。但我感覺得到自己越來越累了。

（輸入中……）

媽，我想要跟你說這些。我有時候感覺好脆弱，你知道嗎？你把我養大，可不是要讓我變成這種人的。我從來沒有過這種感覺。我很努力讓自己不要產生這種感覺。但我還是會。我感到脆弱，感到軟弱。我覺得自己身處在危險中。

（輸入中……）

另外……還有那個男人的事。還有那個女孩。他知道我看見他載走她了。他穿著那雙靴子。我的前廊上有一雙靴子的腳印。還有，我的廚房發生了什麼事？媽媽，這裡發生太多事了。

（輸入中……）

我可以告訴你嗎？我該告訴你嗎？我不想毀了你的假期。你那裡看起來好美，你的同事看起來也準備好要去打網球了。

（輸入中……）

「丹尼爾？丹尼爾，你還在嗎，孩子？」

（輸入中……）

（輸入中……）

（輸入中……）

在啊，媽。我只是累了。好好享受吧。等你回來之後我們再聊。我愛你。

「我也愛你，親愛的。好好照顧崔維斯。還有你自己。」

我會盡力的，媽。我一直都很努力。

29.

瑪扎妮似乎有注意到我不太對勁，而她理所當然地歸咎於我今天的瀕死體驗。她對這件事的看法是對的，但只對了一部分，不過我自己也還搞不太清楚。無論如何，我都需要好好睡一覺。

「你沒問題吧？」崔維斯說。「珍妮佛和我要去市中心的曼哈頓酒吧，也許睡前小酌一下。」

「晚上十點喝的酒叫做睡前小酌？」珍妮佛邊說邊拉了拉他襯衫的下擺。「你真的很老耶。」

她朝我走來。我穿著睡衣，躺在床上，今晚還多蓋了一條毯子。外面不冷，但我覺得好冷。到處都好冷。珍妮佛並沒有被我脆弱的外表嚇壞，也不在乎我們才剛認識不久，更不在乎她甚至在知道我的名字之前就看到我今晚瀕死的模樣。她把一隻手放在我的胸口。「你超威的，老兄。」她說，然後彎下腰親了親我的額頭。「我們需要更多像你這樣的人。」

瑪扎妮露出微笑，在他們離開之後，多墊了一顆枕頭在我的頭下方。

「你還好嗎？」她問。她在我身邊坐下，開始輕撫我的左腿。比起我，這個問題比較是為了她自己而問的。而且老實說，我比較擔心她。我很確定，跟著我從學校跑去醫院讓她不得不推掉其他工作。我不能成為她唯一的責任。她已經做得遠超過任何人的期待了。

〔我沒事。你還好嗎？〕

〔我好多了。我只是嚇壞了。〕

〔我也是。我還是很害怕。但不是因為這件事。不完全是。〕

「我今晚要留在這裡，丹尼爾，如果你沒有意見的話。」她說。「我明天早上要去球賽開幕派對，如果我睡在這裡會比較方便。」

〔我放心了。〕

〔我也放心了。我想要你留在這裡。我知道你還有別的事要做。我很感激。〕

〔真是驚人的一天，丹尼爾。〕

我打賭那個人的回信現在就躺在我的收件匣裡。但我現在沒辦法應付那件事。我得睡覺。我得休息。瑪扎妮關掉我的電腦，然後抓起遙控器，關掉電視。一場高中生足球賽才剛結束，晚間新聞一樣是亞特蘭大的NBC地方新聞，裡面有還我所有的早晨好朋友，現在正準備開場。

「雅典市的學生們今晚為一位失蹤的學生舉辦了守夜活動。」神采飛揚的女士坐在桌邊說道。「而在開賽前夕，我們的美式足球隊也參與了這場活動。本台記者吉米．達利奧帶我們掌握最新的消息。」

一個十歲大的孩子拿著一個比他身體還大的麥克風，出現在銀幕上。我告訴你，再過十年，小嬰兒都要出來當記者了。

「謝謝瑪麗安。週五時，一位名叫劉愛欽的喬治亞州立大學獸醫系碩士中國學生，正準備前往學校上早上的課，卻離奇失蹤，就在校園的某一處。而現在，一個學生團體正努力試圖把她找出來。」

我們看見了集會的影片，還有學生聚集的畫面，接著是蠟燭，還有守夜。然後我們的朋友蕾貝卡出現在銀幕上，和十歲的吉米說話。她的身分標示寫著「擔心的亞洲人，蕾貝卡．余」，不過，呃，這大概不是我看過最優秀的註解。

「她的父母都來了，我們只想試著讓他們好過一些，希望他們有受到歡迎的感覺。」蕾貝卡說。「現在的狀況當然很糟糕。」

鏡頭又切換到吉米身上。「我稍早有機會和喬治亞美式足球隊的總教練談了一下，鬥牛犬隊週六要在桑福德體育館對戰中田納西州立大學。他說他正試著幫助整個社區找到解答。」

真聰明，所有太認真又自我感覺太良好的美式足球教練都會這麼說，但本質上還算得體：「我們只希望他們可以盡快找到那女孩。我們對當地的執法單位有信心，也祈禱女孩能盡快被找到。我只是想在這裡讓學生們知道，我們都在背後守護著他們。」說到這裡，我還有點期待他會當下就衝到草皮上呢。

然後電視上就出現了「擔心的學生」和「焦慮的守望者」的蒙太奇影片，還有一段克拉克郡警長的小訪問，他說他們「正在調查所有可能的線索」，此外就沒有說太多有用的話了。然後又是更多的剪接畫面、更多傷心的學生，然後是一群亞洲學生手勾著手，團結一致地站在一起，然後——

靠腰靠腰靠腰靠腰

我嚴重抽筋到差點從床上滾下來。瑪扎妮跳到我身邊，抓住我，好像我正準備跳窗潛逃似的。

「丹尼爾，怎麼了，發生什麼事了？」她的眼中閃爍著驚恐的光芒。

我瞪視著電視。

〔嗯，嗯，嗯——！！！！〕

在一整排為愛欽表達支持、手勾著手的亞裔女學生中，站著一個男人。這條人龍的畫面是用遠距鏡頭拍攝的，所以你看不清任何人的臉，但他是個白人男性。他穿戴整齊，像個助教或碩士生，頭上戴著一頂帽子。他們好像全都唱著同一首歌，他也和大家一起唱著，好像他是守夜的一分子，好像他也是其中一名迫切的喬治亞州立大學學生，正努力試著接受這起校園悲劇的發生。他的左手勾著一個亞裔美國學生，右手勾著另一個。他是人龍中的一部分。

他的帽子是鶇鳥隊藍色。我見過這個男人。

靠腰靠腰靠腰。

我用顯然十分瘋狂的眼神看著瑪扎妮，然後望向電視，然後再看向她，然後再看向電視。

「嗯，嗯，嗯——！！！！！」

星期五

30.

崔維斯有個小故事：

大約十年前，我還在唸高中時，我媽開她的老廂型車來接我，那輛車沒有液壓系統，所以她總是需要靠工友和體育老師幫忙，才能把我和我的輪椅一起從後門搬上車，好像我是一張笨重的老沙發似的。不管她有什麼事要忙，她每天都一定會來接我放學，而且從沒遲到過。很多患有肌肉萎縮症的孩子都會去上特殊學校，那裡沒有「普通」小孩，但媽媽希望讓我盡可能過正常的人生。我的肌肉萎縮症在高中那時還沒有現在這麼嚴重。我當時還可以說話，所以你可以把我推進教室裡，然後我就能和其他學生一樣無聊了。

總之呢，這一天，她比平常晚了幾分鐘。她出現時，整個人看起來無比狼狽，頭髮亂成一團，妝都花了，上衣的兩個釦子還扣錯了。我的媽媽是個非常有條理、有規劃的女人，而且總是、總是非常得體，所以我覺得她在路上發生車禍，或是被熊攻擊了。

回家的半路上，她離開了洲際四十五號公路，開上一條可憐兮兮的冰凍鄉間小路，然後靜靜地開著車，直到放眼望去方圓幾公里內都看不到一輛車為止。她把車停在路邊，熄火，然後坐在那裡，把臉埋進掌心。她的肩膀劇烈起伏，呼出的氣息從頭髮中竄出，形成一朵朵小煙霧。我完全不知道發生了什麼事。我想幫忙。「媽，你是要把我殺了之後埋在這裡，還是你想上廁所？」她哼的一聲，從鼻孔噴出兩坨鼻涕，我才意識到她正在哭。

「閉嘴啦。」她說，然後解開自己的安全帶，爬過廂型車座椅，來到我身邊坐下。她摸了摸我的手。她總是會和我肢體接觸。她又深吸了一口氣，然後重重吐了出來，霧氣使我有短暫的一瞬間看不清楚她的臉。「丹尼爾。」她說，然後我就知道了——不知道為什麼，我就是知道了。她甚至不用告訴我她剛去看完醫生，不用說那顆她叫我不用擔心的腫瘤是惡性的，然後她會失去她的頭髮和胸部，天知道還有其他什麼。

我知道了，她也知道我知道了，所以她安靜下來，一把摟住我，緊緊擁抱，好像我是個正常的行為能力人，好像我很強壯一樣。我只是一團坐在輪椅上的血肉和骨頭，坐在一輛寒冷徹骨的廂型車裡，停在中伊利諾州的一片荒原上，而我正成為她的支柱。她緊緊抱著我，直到我發出哼聲，她才放開我，抹了抹鼻子，說了聲抱歉，然後輕輕捏捏我的臉。

「我們真是天造地設的一對，是不是？」

我露出微笑。「媽，我們回家吧。」

這個消息讓所有認識我媽的人都很震驚，當人們知道自己認為堅不可摧的人現在是最脆弱的那個時，通常都會有這種反應。沒人知道要怎麼和正在進行化療、為生命奮戰的人相處，而當他們知道她的死亡意味著她兒子會被送去養護中心，然後他也會在未來十五年內死掉時，他們更不知道能說什麼。（老實說，就連我媽和我也不太擅長開啟這個小話題。）我當時會和媽媽開玩笑，說她現在終於可以體會一部分我一直以來的感受了。那種「噢，你這個可憐的傢伙」的眼神，現在也成為她日常生活的一部分了。

除了我之外，這段時間中，我媽最依賴的人就是崔維斯的媽媽。（好幾年後，我媽告訴我，她開始化療三週之後，有收到一封我爸寄來的電子郵件，沒有主旨，內文寫道：「你還好嗎？我聽說你生病了。R上」這封信基本上就和直接寫「滾遠一點死死好了」差不多。）崔維斯的媽媽幾乎每晚都來我們家，幫我們做晚餐，把我放上床，讓我媽可以休息，然後再回家去照料崔維斯和她自己的家庭。對她來說，幫助我們或我媽生病的事似乎都不是大事。我從來沒見過她哭，或是表現出任何同情，或是問我心情怎麼樣。她只是走進我們家，處理好需要處理的事，叫我去寫作業，然後表現得好像一切都很完美，好像沒有發生過什麼不尋常的事一樣。這是我們兩人一生中發生過最美好的事。

這消息最終也傳到了崔維斯那裡，他一次也沒問過我媽怎麼樣或是我怎麼樣，或是我需不需要他幫忙做什麼。他只是像往常一樣，運用他媽和我媽不在的時間，跑到我們的車庫後面偷吸大麻，然後回到屋內，和我一起打電動。青少年當然有自己的極限，但他們也有很多應付痛苦的獨特技巧。**讓自己吸嗨，然後打電動就對了**。這真的是滿聰明的。每個人在經歷人生中的悲劇時期時，都應該要有「治癒青少年」在旁邊陪他們一起對付傷痛，就是幾個十六歲、滿臉豆花、嘴巴隨時都張得開開、跟在他們身後閒晃，然後對什麼事都聳肩的傻瓜。崔維斯很完美，因為我不想去想現在發生的事，更別提開口去談了，而他讓我度過一小時又一小時不用思考的時光。他從來不提這件事。他會來我家敲敲門，確保我媽和他媽都不在，抽一根大麻菸，回到屋內，丟一個搖桿給我，然後在我身邊坐下，和我玩上好幾個小時的《決勝時刻》。我們什麼都不說，只會偶爾說一句「小心那個男的！」

或是「對，吃我這招吧，垃圾納粹！」然後這就是我們的全世界。這幫助我度過了那段時間。

有一天，一個包裹出現在我們家門口，是晚上送來的，比平常快遞公司最晚送件的時間還要晚得多。媽和我在沙發上看《賴瑞．桑德斯秀》的重播，看到睡著，門鈴聲把她驚醒了。她昏沉又虛弱地打開那個亞馬遜包裹。裡頭只有一個按鈕。這感覺就像是某一集《陰陽魔界》[29]的開頭。那個按鈕只是一個巨大的紅色塑膠製品，就像那種玩具按鈕。沒有包裝、沒有紙條，我們完全不知道那是什麼，也不知道它是從哪來的。

她把按鈕放在沙發前的茶几上。我們困惑地看著它。這個按鈕是什麼啊？為什麼要送我們這個？按下去會發生什麼事？

媽看著我。當時她的頭髮已經掉光了，虛弱、蒼白，整個人都很乾癟。她已經開始自稱「骷髏人」了。她瞥了一眼按鈕，又看向我，然後再度看向按鈕。

「我該按按看嗎？」

「不知道欸，媽。我有點怕。」

「管他的。我要按了。」

她深吸一口氣，氣息顫抖而充滿雜音，然後碰碰我的上臂。「要來囉。」

按下去的瞬間，按鈕爆出響亮高鳴的警報聲。「嗚——嗚——嗚——！」按鈕亮了起

29 Twilight Zone，美國電視影集，內容主題包括恐怖、奇幻、科幻、心理驚悚和懸疑。

來，然後開始瘋狂閃爍燈光。「嗚——嗚——嗚——！」接著它大叫：

「偵測到放屁！偵測到放屁！淨空此區域！偵測到放屁！」

我媽拿起按鈕，讀了讀底部的標籤。這原來是個放屁偵測器。當偵測到放屁時，按下按鈕，警告村莊！「偵測到放屁！偵測到放屁！淨空此區域！」

我發誓，我媽笑到快把全身的細胞都咳出來了。我們兩人大概好幾週都沒有微笑了，老天，現在我們卻笑個不停。我甚至一度摔下輪椅，跌到地板上，身體還在劇烈起伏，我媽看著我，笑得更用力了。我躺在地上翻滾，然後她在我身邊坐下。我們又按了一次按鈕，然後又一次，就這樣玩了一個小時。

它在我們家的茶几上躺了好幾個月。但在我們剛收到的那一個星期，我們都還不知道這是誰送的。為什麼會送來我們家？是有人送錯嗎？還是我或我媽夢遊的時候訂的？還是這是上帝的訊息？將近十天過後，我們才解開了這個謎團。崔維斯一如往常地來拜訪，我們玩了幾小時的《決勝時刻》後，他站起身，全身上下的關節都發出清脆的喀喀聲，準備去冰箱再拿一瓶激浪汽水。前往廚房的途中，他看見了放屁偵測器，然後就像每一個在我家看到那個按鈕的人一樣，笑了起來。

他晃回了書房中。「噢，我看到你們收到包裹了喔。」

我看向他。「什麼？」

「對，我完全忘記我訂過那個東西啦，老兄。」他說。「我只是有一天晚上在家，然後想到你和你媽看起來有多沮喪，所以我就想說可以讓你們笑一笑。你看，所以——」他戲劇化地頓了頓，好像準備公布一道非常困難的代數題的答案。「——放屁偵測器！」

「為什麼……為什麼你不自己帶過來就好了?或者你可以告訴我們是你送的啊?」

「呃，我也不知道。」他說。「我猜我就是忘記了吧。嗯，我很高興她喜歡啦。你準備好了嗎?繼續打遊戲吧，開始囉。」

這就是崔維斯。他是個會讓你和他形影不離的人。

31.

隔天早上，我的信箱裡當然出現了一封新的電子郵件，內容如下：

湯姆：

謝謝你稱讚我的車。我是得去洗車了。我只是……最近有點忙。你知道的嘛。我得說，那輛車從來沒有讓我比較容易接近女孩子。女孩子都很難對話，對不對？這些大學女生最糟糕了。她們寧可看著自己的手機，也不要真的和這個世界互動。她們總是抱怨男人，說他們有多壞，但她們身邊其實到處都是好男人，只要她們好好看看就知道了。但她們從來不看。我們有些人就在這裡，就在她們眼前。她們只要好好看看就好了。

愛欽的其中一個優點，就是我每次看到她的時候，她都很友善，而且面帶微笑。我也看她在南景路上走好幾個星期了。（說到這個，我真的很驚訝我從來沒有見過你。我從來沒有在那裡看過任何人。話說回來，我通常都很早出現在那裡。）你住的社區很棒——獨立，卻又和其他你需要的東西有所連結。像她這樣的人也可以走過街道，完全不用擔心自己會被喝醉的大學生開車撞倒，或被集合住宅區的某個路人強暴。她可以做個快樂微笑的人。現在已經越來越難找到這種地方了，你知道嗎？所以我每天早上開車經過她身邊時，才會那麼喜歡她。她走路的樣子，就好像這世界上不存在壞事一樣。她很天真。我不用往右滑也能找到她，她也不需要左滑來拒絕我。我們可以像普通人一樣，就在真實的世界裡碰面。沒有批判。

批判才是讓人最難接受的。

但她沒事。你會問起真是貼心。我們越來越親近了。我覺得她開始信任我了。而也許某天，我也可以開始信任她。

祝好

喬納森　上

32.

我沒有太多時間消化這件事，也沒有時間從昨晚的事件中恢復，因為此時此刻，有一個穿著警察制服的魁武小大人坐在我的廚房裡。

話說回來，我真的感覺還不錯。這些類似的小意外會一點一點侵蝕你，這是真的。這就是惡化性疾病的一個重點。你不會復原，只會逐漸適應你的新日常。我的食道上今天多出了一條令人煩躁的小凹痕，昨天還不存在，但我接下來就要帶著它一輩子了。是因為昨天卡住的那口痰嗎？還是因為昨天那個男人摔到我了？還是只是因為我的肺部越來越脆弱了？嘿，也許以上皆是啊！這都不重要了。因為現在的我就是這樣。從現在開始，直到我死時，我的每一口呼吸都會伴隨著胸口的一點呼嘯聲，每當我吸入一口空氣，都會發出細小的咻咻聲。那是昨天發生的。今天總是會和昨天有所不同。

如果我可以把這一切都告訴那個今早坐在我廚房裡的大個子警察就好了。他只是拿著一個過燙的馬克杯，喝著肯定在我的櫥櫃裡躺了好幾個月的量產咖啡。從來沒有人在這間屋子裡泡過咖啡，瑪扎妮還花了二十分鐘才找到咖啡粉。但安德森員警顯然需要咖啡，也正用盡全力把卡特時期的豆子磨成的咖啡粉泡出的產物喝下肚。

「謝謝你的咖啡，女士。」他說，但我覺得他的眼淚都快要流出來了。

「不用客氣。」瑪扎妮說。「崔維斯，你想喝一杯嗎？」

「你知道我需要的，你看。」崔維斯說，而他可不是在開玩笑。我不記得上次在早上十一點以前看到他是什麼時候了。他看起來就像《魔界奇譚》的地穴守護者。「但我覺得還不如吸老鼠藥來得有用，對吧？」

安德森員警緩緩地轉頭看向他。

「喔，我不會真的吸什麼啦。我不是故意要那麼說的。我很清白。清白的人生。向毒品說不。」

「我覺得你保持安靜會比較好，崔維斯。」瑪扎妮說。

「完全同意，瑪姐。」崔維斯喃喃說道，然後緊盯著自己的左手拇指，好像突然覺得它很有趣似的。

安德森員警清了清喉嚨。轟轟巨響在房間中迴盪。「好，所以我昨晚在集會時和崔維斯談過，就在事情走樣之前。他告訴我，你有些資訊是，呃，我上一次來訪時沒有問到的。」他說。他很大隻，但他真的好年輕。我注意到他的鬍子遮住了不算小片的青春痘，他的臉很圓，幾乎可以說是圓胖了。我絕對比他老。

瑪扎妮從烤麵包機裡拿出幾片吐司，抹上奶油，然後放在崔維斯和警察面前。他點頭道謝，但卻連看也沒看一眼。他四下張望著整個房子。我不可能是他見過的第一個殘障人士吧？

「所以，丹尼爾，你有什麼關於愛欽的事能告訴我？」

我看向崔維斯。

〔所以我們要怎麼做呢？〕

〔不如就讓我說話，然後你同意的話就點頭，你不同意的話就搖頭？〕

〔我覺得我們不應該讓你說的任何話變成正式的警方證詞。〕

儘管笑吧，笨蛋。

「好吧，所以事情是這樣的。」崔維斯開口，看他試著展開這場演說，好像他是從哪來的客座教授，還準備了投影片似的，其實真的滿可愛的。但也只有那麼一瞬間而已。

「丹尼爾整個人在外面，在前廊上，你看。」

「這個前廊嗎？」

「什麼？」

「這間房子的前廊。」

「是的。對。這個前廊。這間房子。」

「哪一天？」

「什麼？」

「哪一天？」

「她消失的那天？」

「所以是星期五？」

「星期五！等等，是星期五，沒錯吧？她失蹤的那天？」崔維斯看向我。我點點頭。

老天啊，兄弟。「是，是星期五。」

「什麼時間？」

「早上。」

「早上的什麼時間？」

「早餐時間。」

安德森員警重重嘆了口氣。「什麼時間？」

「我不知道。」

他看向我。我啟動了我的聲音產生器。「**七點二十二分。**」

「是確切的時間嗎？」他問。

「**四的。**」

「什麼？」

靠。「**是的。是的。是的。確切的時間。**」

「謝謝你。」他再度看向崔維斯。「好，他在前廊上。」

「然後他看見她走過街道。」

「這是他第一次看到她走過去嗎？」

「是。不是。等等，不是。等等。靠。我其實不知道。丹尼爾，那是你第一次看到她嗎？你有跟我說過嗎？我大概是忘記了。我很忙啊，你看！」

我看見對崔維斯喪失耐性的安德森員警轉向我。我點點頭。也許我們可以剔除中間人這個角色了。

「聽著。」安德森員警說。「也許我可以直接和丹尼爾對話，然後你等我需要，呃，釐清什麼的時候再來補充。」

〔最好還是由我接手吧。你繼續說下去的話，你等一下可能會被逮捕。〕

〔閉嘴啦。〕

〔別告訴他你身上有帶大麻。〕

〔我沒有帶大麻。〕

〔你每次都有帶大麻。〕

〔閉嘴啦。〕

「所以，丹尼爾。你可以告訴我你那天週五早上有沒有看到愛欽嗎？」

「有。」

「你每天早上都有看到她嗎？」

「**幾乎**。」

「她有看過你嗎？」

我看向崔維斯。

〔只有那天早上。〕

〔只有那天早上？〕

〔只有那天早上。〕

「只有那天早上。」崔維斯非常自豪地說。

「好。」安德森警探說。「你確定那是她嗎？」

太好了。終於。「**是的**。」

「早上七點二十二分。」

「**是的**。」

「崔維斯說你看到她之後上了某輛車？」

「**是的**。」我頓了頓，嘗試了幾次打出「大黃蜂」一詞。我的手機不知道為什麼一直想要把它修正成「大滑頭」。「**一輛土黃色的大黃蜂**。」

「你有看到開車的人嗎？」

「**一點點**。」

「這是什麼意思？」

「**我看到一頂帽子。還有一雙黃鉛鞋尖的靴子。**」

「但你沒有看到他的臉。」

「**沒有。**」

但我知道的這些資訊，就連崔維斯都不知道我知道了。

瑪扎妮插嘴。「丹尼爾覺得他昨晚有在電視上看到那個人。」她說。

「什麼？」崔維斯說。「他有自己的節目喔？」

〔**對啦，他是吉米．金莫啦，白痴。**〕

〔再說一次：閉嘴。〕

安德森員警已經受夠這種鬧劇了。對我來說，崔維斯和我正在用從小就熟悉到不行的方式溝通，這是我們已經精通的系統，算是我們專屬的雙胞胎語言。但是，對啦，對安德森員警來說，就只是一個吸茫的癮君子盯著一個頭微微左搖右晃的殘障人士而已。他有點太用力地拍了一下桌面，讓我們的注意力都倏地回到他身上。

「等等，什麼？」他說，一邊把咖啡杯推到一邊。「你在電視上看到他？」

我快速地對著發聲器打字。

「**新聞。守夜。靴子。帽子。**」

瑪扎妮咳了幾聲，開始幫安德森員警倒咖啡，但發現他的杯子還是滿的。看來咖啡豆最後還是會過期的。

她清了清喉嚨。安德森員警正瘋狂地在他的筆記本上寫著字。

「丹尼爾發生意外之後，昨天晚上我們在看新聞。」她說。「然後他說開車的那個男人也有在守夜現場，影片有拍到他。」我注意到她的口氣裡有一絲懷疑，我不喜歡這樣。

「你有在影片裡看到他的臉嗎？」

「**沒有。太遠。但是他。靴子。帽子。**」

安德森員警闔上筆記本，收進口袋裡。他已經受夠這一切了。「嗯，這些資訊確實是比我上次來的時候多了。」他說。他開始站起身。「我很感激。我們會去調那一卷帶子——也許那可以給我們一點幫助。」

他看著我。「嗯，你真的幫了大忙。我們現在知道她失蹤的時間了。如果沒有你，我們是不會得知這個資訊的。所以謝謝你。」

但我還有資訊沒給完呢。他還不能走。「**等。等。等。**」

我看向安德森員警。「**郵件。我們傳郵件。**」

他皺起眉頭，困擾地快速瞥了崔維斯一眼，在椅子裡換了個姿勢。崔維斯咳了一聲。

「對，呃，你的朋友有和我說過這件事。他有把郵件轉寄給我。我們知道那個傢伙。」

我挫敗地看著他。什麼？

「對。那個人叫喬納森．卡本特。他住在東雅典市。我們以前也應付過他。」

我推著輪椅靠向他，他向後跳開了一點。我想他忘記我能移動了。

「喬納森。卡本特。」

「對，這，呃，這本來就是他的行為模式。」安德森員警說。「整個警局的人都知道他，他喜歡假裝自己有參與犯罪。我們已經應付他好幾年了。他宣稱自己要為兩起姊妹會的入侵事件負責。他還試著說服距離我幾桌遠的同事，說自己準備去搶銀行了。但全都是謊言。他只是個心理不正常的獨居男人，我覺得他只是想引起警察的關注而已。他打過專案電話，說他的鄰居綁架高中女生，藏在儲藏室裡。後來我還和老搭檔去過他家。他的鄰居根本連儲藏室都沒有。他只是想證明自己很重要罷了。我覺得他應該是很寂寞。他有心理疾病。」

我覺得他是個寂寞的人。

「崔維斯告訴我……你在網路上發布過關於這個案子的文章？」他邊說邊難得一次望向我。「其實，如果你真的知道些什麼，最好的做法應該是通知警方，而不是寫部落格，或是做其他你想做的事。總之，他一定是看到了你的貼文才決定，如果他沒辦法說服我們相信他是什麼犯罪首腦，那他也許可以找你試試看。」

所以黃鉛靴子先生和喬納森不是同一個人？我只是被網路上的陌生人給愚弄了？老天。

我這輩子從來沒覺得自己這麼蠢過。

「如果我是你，我是不會跨不過去那道坎啦。」他說，然後立刻看起來充滿罪惡感，好像對我用了一個很不恰當的譬喻。「這種案子都會釣出一堆瘋子。而且就像我說的，所有線索都很重要。我們和你談過之後，現在知道的資訊比之前更多了。真的。謝謝你。」

最後他站起身，把自己的名片遞給瑪扎妮。「如果丹尼爾還有想到別的東西，請千萬要打給我。」他說。「也許在他上網發文之前，好嗎？」

他走到門邊，回頭看向我。「謝謝你的咖啡和款待，丹尼爾。」他說。「你是個勇敢的年輕人。我是認真的。」

我很確定我比他老。但我現在可一點都不這麼覺得。

33.

昨晚，瑪扎妮睡在我房間裡。這讓我感覺糟透了。她在美式足球比賽的這一週有好多事情要做，我應該是她最不需要擔心的事才對。她一大早就得去桑福德體育館打掃，並為所有坐在包廂裡的有錢校友們準備自助吧，讓他們可以大口喝酒、大口吃蝦。

在那之後，她還得跑去史第格曼體育館，幫助他們為所有球員準備賽前的餐點，基本上她的工作就是把他們餐盤裡的廚餘洗掉，然後把大包垃圾丟進垃圾箱，再拖去奧康尼郡的垃圾掩埋場處理。然後她又得回到學校，趕去 **ZBT** 兄弟會宿舍，把冷盤開胃菜發給酩酊大醉的校友和未成年的大學生。我先說，這一切都要在下午三點前完成，而且今天還是真正開賽的前一天。星期六狀況會更糟。瑪扎妮這輩子從沒喝過一滴酒，但每次比賽週的星期六，她晚上回來看我時，都會臭得像還在大學裡的最高法院大法官。人們總在比賽日時將大學體育賽事稱為「經濟推手」，我想他們的意思是這樣的：像瑪扎妮這樣的第二代可憐移民，會跟在一整串搞破壞的南方人身後，為他們收拾無腦留下的垃圾。

比賽週末的行程都很滿，所以她通常會在星期四晚上請假，讓夜班看護或崔維斯幫我上床睡覺，她也幾乎不在我這裡過夜。但這星期四，嗯，特別是這個星期四，我們都處於比較特殊的狀態。昨晚我打開電視後的行為和心情，使我們都快忘了我幾小時前差點就死了。

那就是他。

我毫不懷疑。就是他，百分之百。同樣細長的脖子。同一頂帽子。同一雙靴子。同樣看起來無害、下垂的肩膀，就是那個肩膀讓愛欽覺得上他的車沒關係。

電視上的男人就是他。只是他不是網路上的那傢伙。他們是兩個不同的人。

突然變回了旁觀者，而不再是這起事件的主動參與者之一，讓我鬆了一口氣。我看到她了。我也看到他了。而且……老天。他在守夜活動幹嘛啊？如果你對大家正在祈福的對象做了什麼糟糕的事——這麼說來，我突然意識到，我完全不知道他對她做了什麼、不知道她在哪裡——你為什麼還要去她的守夜活動？那裡到處都是攝影機。所有人都在哭。她的父母都在那裡。**她的父母都在那裡**。

哪種反社會人士才會幹這種事啊？

那種會心懷不軌、誘拐女大學生的反社會人士。理論上是這樣啦。

聽著，我已經盡到我的責任了。他們現在知道她是什麼時候上車的。他們是因為我才知道的。希望這會幫助他們抓到他。我的任務已經完成了。

而這代表我只是和另一個沒什麼事好做的獨行俠在傳電子郵件，他只是碰巧也對這個案子充滿興趣。**和我一樣**。我知道你想說什麼，朋友。

他的郵件正躺在我的收件匣裡，等著我回應，等著別人聽他說話。假裝自己是個綁架女孩的罪犯來求關注，這真的滿扯的。但我對他沒有什麼輕蔑之情。他感覺很難過。我不想容忍他的幻想。但我確實想讓他知道，有人在聽他說話。

34.

小喬：

你說得對，這個社區真的不錯。學生不會太常在這裡出沒。只有比賽週的時候才會有。幾週前，有個男的在我家外面的樹叢裡吐了。我就只是坐在這裡看著他。他從頭到尾都沒有注意到我在這裡。跟你有點像，哈哈哈哈ㄚ哈。

我同意，要在大學校園裡認識某個人真的太難了。每個人都好年輕，又好好看，而且，對，每個人都隨時盯著手機看。我猜我還沒有好看到足以讓他們抬起視線吧，哈哈哈哈ㄚ哈。到處都是女生，但沒人要跟我說話，一個都沒有。

所以你有看到新聞嗎？大家都在報這件事。每個美式足球教練都在講這件事。你多少會有點緊張吧。就連什麼都沒做的我都有點緊張了。你還好嗎？好可怕。我還沒有機會跟任何人說這件事。首先，我沒有真的看到你，而且我也沒有什麼人可以說。這大概是我這一年以來最長的電子郵件對話紀錄了。我想我應該更常出門的，哈哈ㄚ哈哈ㄚ哈。整件事都太誇張了。

所以接下來呢？你有什麼計畫？

我只是想讓你知道，你可以和我說實話。我很高興我們聊了這件事，而且一切都會沒事的，我們都是。我們會撐過去的。有時候我也覺得有點難以承受。有人能和我一起經歷這件事的感覺真好。

另外，我的名字不叫湯姆。我原本只是想要確保你不會傷害我之類的。但我現在相信你了，老兄。我的真名是丹尼爾。從來沒有人叫過我小丹。但如果你想的話，你可以這麼叫我。

丹尼爾　上

我累得不可思議。這一切的重量每次都比前一次在我身上留下更多的傷害。崔維斯走了，瑪扎妮也走了，韋恩・安德森員警也走了，只有我一個人在屋子裡，瞪著我的電腦，沒在工作，也沒在睡覺，只是毫無反應、呆滯地看著螢幕。

這也許就是那件事發生的方式。不會太戲劇化，也不會太暴力。我惡夢、夢境中的情節，是喬納森是個瘋子殺人魔，會在我睡夢中把我勒死，但這件事不會發生了，永遠都不會。我不會被他衝動殺死。也許我甚至不會出現在公共場合，就像昨晚那樣。某個平日午後，我會坐在這張輪椅上，滑著推特、浪費時間，內心明知我應該去睡覺，或做些至少有點建設性的事，但還是看著抖音上的影片哼笑，然後突然間，我就停止呼吸了，沒有人能救我，然後就這樣，一切都結束了。在瑪扎妮來幫助我上床休息之前，都沒有人會發現。她會倒抽一口氣，也許會哭出來，我不確定，然後她會把我的電腦關上，一邊碎唸著丹尼爾總是花太多時間在這東西上。

死在網路前好像也滿適合的。我的表哥史考帝去年過世了。我和他沒那麼熟，但我喜歡自己對他的認知。大多時候，親戚來我們家拜訪時，都會表現得像有東西忘在烤箱裡，所以要趕快回家，以免燒焦一樣。他們會有點太用力地抱我媽，跟我說話時會把我當成四歲小孩，儘管我已經是個青少年了，他們會急著走出門，因為他們的任務完成了，他們來探望過安琪拉和丹尼爾，所以不會覺得自己是糟糕的人類。

但史考帝不像那樣。史考帝總是和他的媽媽茱莉亞一起來，他已經三十幾歲了還和她住在一起。其實茱莉亞不是我真正的阿姨，史考帝也不是我真正的表哥，但在我出生前，她和我媽一起在某間餐廳工作過，而她們沒什麼機會再見面，所以她們就說茱莉亞是我的阿姨，這樣就能確保她知道我媽覺得她很重要。他們來訪時，史考帝的工作就很艱困，因為我媽會和茱莉亞去另一個房間，一邊喝瑪格麗特、一邊聊八卦，一邊笑、一邊哭，一直說、說、說個不停。史考帝的工作就是和我坐在一起。我有時候真的可以很難搞，但史考帝只是忙著自己的事。他很自在。他是有點過胖，也總是戴著一頂軟趴趴的老人鴨舌帽，讓他看起來像在某個髒兮兮的地下酒吧當撲克牌莊家。有一次，我們一邊看著一部克林．伊斯威特的老西部片，他甚至讓我喝了一口他的啤酒。他把一隻手指壓在嘴唇上，對我咧開嘴。儘管那瓶啤酒難喝得要死，那天卻是我好幾週以來第一次笑得那麼開懷。

史考帝沒有結婚，似乎也從來沒有離開過自己的母親，她總是為他的事焦躁不已，不斷抱怨他的體重，還有他的頭髮過長的事，但顯然他照顧她的成分遠大於她照顧他。史考帝住在他媽媽家裡，不是因為他遊手好閒，而是因為她需要他。他們兩人從來沒提過這件事。我們只是都理解。有一天，他醒來時，向茱莉亞抱怨他呼吸困難、頭痛欲裂。她給了他一顆阿斯匹靈，和他一起坐在沙發上。他深吸著氣，重重吐氣，壓了壓指關節，伸展了一下脖子，喝了一口水，然後輕聲說：「媽，我覺得不太對勁。」五秒過後，他便翻著白眼，摔落地上。兩分鐘後，他就死了。他嚴重心臟病發作，就在客廳裡。他當時才三十七歲。

媽開車下來喬治亞州，接了我之後又開回去伊利諾參加喪禮。那裡大約有十幾個人，比我想的少了許多。棺材是打開的，他還戴著那頂蠢帽子。茱莉亞站在棺材前，穿著她最高級的藍色洋裝，那是我媽好幾年前買給她的。她從頭到尾都沒有說一句話。她沒有哭。她沒有說話。她只是站在那裡，直到他們把棺材蓋上，然後埋葬他為止。然後她發出一聲哭嚎，把樹上的鳥都驚飛了。

等我回到雅典市之後，我查了查史考帝的訃文。那是一則普通的八股訃文，像是知道用文字捕捉一個人的靈魂實在太難了，所以乾脆連嘗試都免了。他是這個教會的一員。他喜歡打牌。他死後留下了他位於達斯穆恩城的母親和祖父。

訃文的最下面寫著「可進行線上慰問」。我點擊了連結，然後點下寫著「訃文」的標題。我滑過幾個老人的訃文，然後找到了史考帝。我點了他的名字。

網站上有一張史考帝戴著那頂帽子的照片。在他的照片下，有個「分享」按鈕，並附上臉書、推特和谷歌+的商標，還有一個信封圖示，代表電子郵件。一個紅色的按鈕上寫著「送花」，會將慰問詞寄給一個國家花卉集團，另一個藍色的按鈕則寫著「分享共同回憶」，奇怪的是，這個按鈕會將你直接引導回臉書。史考帝的照片旁有個「事蹟牆」。在這裡，你可以留言寫下你對史考帝的看法，給……某個人看。

這個頁面上有四篇留言。其中一篇是來自美國癌症基金會，寫著「聽聞史考帝的離世，深感遺憾。他的前僱傭單位阿爾蒂超市，以他的名義捐獻一筆款項至本協會。誠摯地向他的家人獻上慰問」。另一篇則是某個顯然以為自己在寫臉書貼文的傢伙，簡單地寫道「很遺憾聽到史考帝的事，他國中和我同班，是個好人：（」。另外兩則留言則是虛擬花束，是匿名的網路使用者從自己的臉書上交叉張貼到史考帝這個頁面上來的。其中一個人叫做「魔力小木屋」。另一個人叫做「甜蜜柔情」。兩個人都貼了一張花束緩緩左搖右晃的動圖，看起來十分哀傷，這絕對是一張哀傷的動圖。這個頁面的贊助商是當地的雜貨店，有一個橫幅廣告在宣傳他們的特價切片火腿。

就這樣。當我關掉網頁時，一個彈出式視窗問我是否確定要離開。我把所有的視窗都關上，關掉了我的電腦。

也許不久後的某天，我也會有我自己的「事蹟牆」，充滿了彈出式廣告和詐騙連結。那就會是我僅存的一切了。史考帝徹底活過了他的人生，在他人身上付出了比較多，而不是為他自己，而他最後的紀念只有一個超市集團幫他做的空虛公益致意頁面、兩束愚蠢地閃爍的虛擬花束，還有一個不知道要怎麼用臉書的白痴。這大概就是我們所有人的身後事了。這就是死後的下一步。

我得睡一下。

35.

丹尼爾：

謝謝你誠實告訴我你的名字。這讓一切都容易多了。我其實有感覺到湯姆不是你的真名，丹尼爾。聽起來就是不對。很奇怪，對不對？我們對彼此一無所知，從來沒有見過面，但是不知怎麼地，「湯姆」這個名字聽起來就是不對。難怪。總而言之，很高興認識真正的你。想想我們現在共享的這個祕密，只有你知我知，我們當然應該對彼此百分之百誠實。如果我們沒辦法對彼此誠實，那我們就沒有其他可以誠實以待的對象了。就某方面來說，丹尼爾，你比任何人都更加了解我。

女孩們都有一個特徵：她們看了這麼多電影，一直看個不停，一直相信事情最後都會變得美好，相信她們最後都會像是童話故事一樣，找到長髮的完美男友，他會在乎她們、好好聽她們說話。她們相信愛是世界上唯一重要的東西，相信每個人都有幸福快樂的結局。然後當她們看到一個高富帥的時候，就會立刻拋下一切，對他唯命是從。她們會忽視他性格上所有的瑕疵，幫他做的所有爛事找藉口。或者她們會怪罪自己。或者她們會就這樣放棄。不久前我看了一部電影，萊恩．葛斯林演的。他說男人比女人浪漫多了。

她們表現得好像自己想要這種美麗的人生。但她們並不是真的想。

而這真的讓人覺得很挫折，因為變得越來越難了。看看你的四周，丹尼爾：我覺得我在街上看見的每個女孩，都用一種好像我會強暴她們的眼神在看我。不管我是不是好人，幾乎都已經無所謂了，因為現在女人認為所有的男人都是混蛋。我這一輩子都貼心又友善，一直在試著讓這些女生了解，如果她們和我在一起會有多美好，但後來我發現，她們會因為你是男人，就直接把你歸類為垃圾。如果早知道結局是這樣，那我一開始就當個渾球就好了。

你知道這是什麼感覺嗎？我打賭你一定懂。你是好人。我們都是好人。但我們還是孤身一人。這件事本質上就一定有哪裡不對。

這就是愛欽與其他人不一樣的地方，丹尼爾。你也看到了。她走在路上的樣子，看起來好像完全沒有……憤怒。她肩上並沒有扛著重擔，沒有把自己的所有問題怪到男人身上。她沒有不爽這世界。她沒有想把整個世界燒毀。她只是走在街上，過著自己的日子，對這個世界敞開心胸，願意遇見好人，願意被愛。你知道這世界是什麼樣子，湯姆。女孩子都已經不像她這樣了。但她是這樣。我看到了。我每天都有看到。

過去幾天發生的事還是讓她有點不知所措，不過老實說，我也不會怪她。資訊量真的滿大的！而且她的英文不怎麼樣。她能撐過獸醫系的課根本就是奇蹟。你知道她想要當獸醫嗎？她一定會是很棒的獸醫。我們現在在練習英文。她開始懂比較多了。不用過多久，她就會知道發生什麼事了。我正在緩慢地讓她理解。她很快就會理解的。這樣她就不會這麼害怕了。

打這些東西給你感覺好奇怪。但我能不能再說一次，和你聊這些的感覺真的很好？這整件事發生的速度好快。我很高興有你在聽我說。這讓我覺得沒那麼孤獨了。讓我們一起享受這快速流逝的時間吧。

喬納森　敬上

喬納森的幻想鮮明而細膩，已經到了讓人不舒服，而且有點難以承受的程度。如果你思考他對愛欽的幻想——而且老天，那些幻想的細節也太多了點——這倒是……給了他的行為很多合理的解釋？我懂孤獨的感覺有多難熬。我懂如果你感覺自己是每晚看到的新聞事件中的一份子，能讓你覺得自己很重要、很被需要。我懂需要有人可以談話的心情。我也懂需要有人願意傾聽的感覺。

我關掉電腦。稍後，看護查理來夜間視察，今天來的不是另外那個看護。（他叫賴瑞？還是吉米？）查理把窗簾拉得更緊一些，而且有點不高興我還醒著。「暴風雨要來了。」他邊說邊幫我翻身。我為喬納森和他現在的人生階段感到難過。但以某種奇怪的方面來說，我也為他感到慶幸。我睡睡醒醒，睡得很沉，但是有時會意外驚醒。我在夢裡看到她向我揮手。我以為她是在和我說早安。但也許她是在道別。

星期六

36.

之前是有過一個女孩。

別那麼驚訝。我人生大部分的時間都坐在輪椅上，但並不是一直都像個啞巴或一直流著口水。我也曾經是個十六歲的少年，就和所有人一樣。我會盯著胸部看，會和自己的枕頭親熱，當我想到和媽一起工作的大學女孩們時，我會開始爆汗，我也會有生理反應。我在準備從東伊利諾畢業前，肢體都還沒有退化到需要有人把我放進輪椅裡的程度，這也就是我後來這麼急著搬去崔維斯居住的雅典市的原因之一。我感覺得到自己變得比較虛弱了一點，多了一點讓人不太像人的難處，而我知道如果我不趕快離開這裡，我就再也走不了了。如果你罹患肌肉萎縮症，而且夠幸運有一扇能讓你獨立的窗戶，那扇窗戶也小得可以，我想在一切都太遲之前好好把握。如果我留下了，媽就會開始看見我退化，她就會把自己的人生放到一邊，只想幫助我，而這正是我不希望她做的事。如果我留下，就不會有網球或牙買加的一切。我當時還有一點力量。而那股力量支撐我來到雅典。我寧可在這裡變虛弱，也不要在伊利諾。

所以，回到那個女孩。她的名字叫做金姆。她老家在蘇利文，在馬屯市西北方大約半小時車程的地方。那是中伊利諾其中一個正在緩慢死去的城鎮，沒有工業、沒有工作、沒有未來，市中心曾經有餐館、藥妝店、診所和服飾店，是個社交重鎮，但現在全都封上了木板，遭人遺忘，被連鎖超市、高速公路以及全自動機器化工廠取代。

金姆是新希望營隊的隊輔。這是一個為發展障礙的殘疾人士舉辦的夏令營，地點在尼奧加。每個暑假，全中伊利諾的殘疾兒童（大多都是唐氏症的孩子），都會聚集到新希望營，參與特別為他們和照護者規劃的體驗活動。這裡有遊樂場和迷你高爾夫球場，四周圍繞著可愛的小鐵道，最重要的是，還有小木屋供這些孩子過夜，而且這些小屋只屬於他們。在唐氏症孩子的一生中，幾乎總是有人牽著他們的手完成所有事情，而新希望營最棒的地方在於提供了一個屬於他們的空間。這是專屬於他們的地方。

如果你和我一樣是殘疾人士，你就會花大把的時間和唐寶寶們待在一起。伊利諾州的公立學校金費有限，那裡的老師也全都已經超時工作了。雖然我媽希望我能盡可能擁有正常孩子的人生，卻沒有人有時間或精力確保一個坐輪椅的孩子能擁有「正常人生」，因為我需要別人餵食，而且理論上隨時都可能停止呼吸。你會從很小就和其他「特殊生」關在一起。對大部分郊區學校的行政人員來說，他們發展遲緩，和我這種人的狀況相差無幾。如果我可以好好運用我的手臂、腿或肺部，我就可以進資優班了，但我卻得努力向五年級老師解釋我不需要重看那部該死的《字母人》[30]影片……嗯，那真的讓人滿挫折的。

但是，老天，那些孩子真的太棒了。我不知道是不是因為他們更難理解身為人類的

30 Letter People，教孩子認識字母的教學影片。

那些可怕層面——死亡、疼痛、白人國家主義、律師——所以他們不會陷入懷疑與絕望之中。也許我對他們的認知有限，也有所誤解。但我無法否認，我真的想盡可能和他們相處。

我每個暑假都在新希望營度過。營隊的人都知道我是誰，也知道那裡的孩子都很愛我，所以白天時，他們總是讓我出去和隊輔一起工作。這讓我感覺自己很有用，但不只是這樣。我喜歡成為幫助者，而不是被幫助的人。讓隊輔把你視為同伴的感覺很棒。被需要的感覺很棒。

金姆比我小了一歲，當你十六歲時，差這一年遠比想像中來得多。她讓我印象特別深刻，因為她從來沒有停止擔任隊輔。大部分來新希望營當隊輔的孩子都對於志工服務有所極限。他們會盡自己的能力，因為他們確實想幫忙，也因為他們想在大學申請表上寫下自己利用暑假協助唐氏症兒童，但和那些孩子待在一起大約四小時之後，他們就差不多氣力用盡了。他們的同理心會降低到零。他們會四處遊盪、開始滑手機、偷偷溜去抽根大麻菸，或是找地方偷偷親熱。我不怪他們。他們都是青少年嘛。哪怕他們只花一點點時間和這些孩子待在一起，就算他們這麼做是為了擠進西北大學，從我的角度來看，這都對所有參與者有積極的助益。期待他們全然受熱心公益之心驅使、樂意鼓勵這些發展遲緩的兒童，真的是要求太多了。他們都在這裡，而只要他們人在，他們都在試著幫忙。

但金姆想要在這裡，因為她活過這種人生。他的哥哥萊恩就有唐氏症，她從小就和這個病症一起長大，所有人都把她當作姊姊，她的父母對她的付出有限，她還得承擔這個年紀的孩子無法揣度的責任。她不會把這些孩子視為殘疾人士，甚至不會把他們當成孩子。

她甚至可以應付年紀比她大的唐氏症男孩。我曾經看過一個男生——不，是男人——已經二十幾歲了，卻伸手抓她的左胸，還想要舔她。這對身處森林營地中的十五歲女孩來說是危險而嚇人的情況。但她的反應迅速又充滿憐憫。她肘擊他的肚子，拍了拍他的左臉，然後對他大吼：「不行，湯瑪斯，不行。」「對不起，金姆。」他說，然後抱著她開始哭。金姆充滿了耐性、勇氣與力量。

等到孩子們都入睡了、隊輔們都去開派對之後，我們會一起散步，我當時用的還是比較舊、比較便宜的輪椅。我不記得我們第一次對話的狀況，但一開始就很明顯了，她和夠多殘障兒童相處過，她很清楚，我雖然坐輪椅，偶爾又會出現肺部壓力過大的狀況，我卻和她一樣，只是困惑又充滿希望的青少年。我的口語能力當時已經開始退化，但只有一點點，而我們會一邊散步、一邊推輪椅，繞著營地聊天。她想加入世界和平組織，但她怕自己一輩子都離不開蘇利文，她討厭學校的男生，她相信人性本善，但她開始有點擔心了。她身上總有肉桂的味道，而每次她微笑時，我都想從輪椅上跳起來，然後爬到她大腿上。

她和我說話的時候，好像完全不覺得我哪裡有問題。正好相反——在我們對話的結尾，大多都是我在向她保證她很棒、她做的事是對的、沒有人像她一樣了。真的沒有。真的沒有人像她這樣。我告訴她來這個營隊讓我覺得，我這輩子受到這麼多人的幫助，現在終於也有辦法為別人做點什麼了，好像我終於有機會回饋這個世界，但她阻止我說下去。

「你不欠誰什麼東西啊。他們會幫你，是因為他們愛你。為什麼人要幫助別人呢？讓別人幫你忙，就是你能為所有人做的最好的事了。」

我說她也許說得沒錯，而她大笑起來，說：「我說的一直都沒錯，丹尼爾，你不是早就該知道了嗎？」她的黑髮及肩，兩隻耳朵上掛著巨大的圈狀耳環。我覺得她像從地表上飄起來了。

暑假快結束的某一天晚上，我們在小池塘邊停下來，看著太陽下山。沒有比中西部的夕陽更美的畫面了。土地很平坦，你可以看到天荒地老。她單膝跪下，和我的眼睛同高，然後轉向我。

「我只是想讓你知道，我覺得你很棒。」她說。以前也有人這樣對我說過。但不是這種感覺。

「我也覺得你很棒。」我說。

「你去東伊利諾大學之後，我可以去找你嗎？也許我們可以在校園走走。我媽希望我去那邊唸書，雖然我真的不太想去，但那可以拿來當作去找你的藉口。」

「當然好啊。」

她看向水面。「你會不會有時候希望事情變得不太一樣，丹尼爾？你覺得事情不照著我們想要的方向走，是有原因的嗎？」

我希望她指的是我，但我不太確定。「是啊。」我模稜兩可地說。「但我有時候也滿喜歡現在這樣的。」

她轉向我。

「你回家的時候一定要寄電子郵件給我。我希望我們一直都是朋友。」

朋友。「好啊。一定要。」

她用右手握住我的手腕，左手捧著我的臉。她看了我很久，不是三秒就是四十年，我也不確定。她微微一笑，靠得更近，然後在我的唇上印下一個很輕、很輕的吻。然後她又吻了我一次。然後——我就說到這裡了。我就只會告訴你這麼多。剩下的部分是屬於我和她的。

稍後，她站起身，牽起我的左手。我們一起回到營地。她抱了抱我，然後回到她的木屋。一週後，她就離開了。上一次我在臉書上看到她的貼文時，她住在費城，正在幫什麼人做政治宣傳。她有個男友，有一隻狗，喜歡老鷹隊。我很高興她過得很快樂。幾年前，她有傳訊息給我，說她聽說我搬去喬治亞州了，她覺得這樣超棒的。我和她說謝謝，還有我很高興她過得快樂。我每天都想到她，我想我永遠都會一直想到她。

37.

我聽見崔維斯跳進我的前門。他停下腳步，做了一件對男人來說困難至極的事：他脫下鞋子，拎在手上，然後走過地毯。

「老兄，你的前廊上又**全都是**新的髒東西了，你看到了嗎？」他說。「那個警察昨天又在你的前廊踩了一堆泥巴嗎？他一定是在進門或出門的時候到處用靴子亂踩之類的。外面是一團亂，你看。」

我駕著輪椅來到門口，發現崔維斯說得對。到處都是被人踩過的泥巴和靴子印，還有更多黏膩的髒污遍佈在台階上，我媽去年買來裝飾的搖椅也無法倖免，還有一整坨全新的污漬，就出現在我的客廳窗戶正下方。安德森員警進來之前有下過雨嗎？我知道昨晚是有下雨啦。

「好噁。」崔維斯說，一邊用瑪扎妮最高級的雕刻刀把靴子底部的一坨泥土挖下來。「人們真是太無禮了。」他把沒比脫下來之前乾淨多少的鞋子放在我的廚房地板正中央。

「所以……比賽日！！！！」

今天是比賽日。崔維斯來之前，我才剛把寫給喬納森的回信完成。你對人還是要友善一點。我想我可以幫助喬納森。讓別人幫你忙，就是你能為所有人做的最好的事了。

小喬：

天啊，你真黑暗。沒有這麼糟糕啦！還是有好人的。這裡的人和我老家的人很不一樣。好的那種不一樣。這裡有一半的孩子是從中國、印度或日本來的。我從來沒有在老家那裡遇過這樣的人。那裡只有無聊的白人，就像我這樣，哈哈哈哈哈。能住在充滿各種人的地方真的很好。我就只是坐著觀察他們。他們從來沒有注意過我，就像你也沒有。藉由觀察，你可以學會很多事情。

看起來你也沒有很常出門呢。我懂的，老兄。相信我，我真的、真的懂。但別為了這件事這麼火大。獨自一人也沒這麼糟啊。這不代表你很孤單。這只代表你有很多時間做自己的事。我知道獨自一人的感覺。但你從來就不是真的獨自一人。我們可以想辦法走過去的。

我們有辦法走過去嗎？我在這裡呢，老兄。

丹尼爾　上

我決定不要繼續追問他對愛欽的幻想。安德森警探已經對他夠兇了。他什麼都可以跟我說。

不過他要先等到比賽結束。

38.

崔維斯幫我穿上比賽日的標準服裝。我不太確定這套服裝到底讓我保有多少尊嚴，但我無法否認，這讓我超受歡迎。在喬治亞美式足球比賽日，我比任何時候都受人愛戴。

他來到我家時，腳步雀躍地在階梯上蹦跳，好像過去兩天的事全都沒有發生過，好像我沒有瀕死、我們也沒有整個星期都在和警察交朋友，好像這只是一個最普通的早晨。這是崔維斯最棒的天賦之一：他能讓所有不快和擔憂都消失無蹤，只要他不去管它就好了。他就像一隻腦子受過傷的金魚。

他的左手拿著電子菸，反戴著一頂聖路易紅雀的帽子，雖然才早上九點，卻戴著一副深色太陽眼鏡，他身上的大麻味很濃，好像我們……嗯，我本來想說去參加科切拉音樂節，但老實說，這些年來，我們和一堆媽媽們排隊共乘時，聞起來的味道大概也差不多。他背著每次星期六比賽日都會帶的巨大運動包，像隻紅色的大怪物，側邊印著喬治亞州立大學球隊的隊徽，並在頂部用黑色麥克筆寫著「丹尼爾的線衛變身工具包」。他故意浮誇地在我面前打開背包，像那種在 YouTube 上示範教人如何自行修理漏水水槽的影片——這裡是你所需的所有工具。

包包的內容物如下：

兩手啤酒。泰勒瓶淡啤酒。中西部的人都討厭精釀啤酒。崔維斯老是抱怨南方人對他們精緻啤酒的看法大錯特錯。

一整瓶美格波本威士忌。

三個飛盤。

一件崔維斯的備用內褲。「以防萬一嘛，你懂嗎？」

然後，就是我的套裝了。首先，是一件喬治亞美式足球隊的球衣。紅色的球衣，領口繡著圓形的隊徽。在背面繡名字的地方，這件球衣上寫的是「**推進，不然就慘敗**」。以防你猜不到，號碼是六十九號。

墊肩。我的肩膀最近越來越像麥當勞商標了，所以崔維斯準備了最小副的墊肩，是兒童的S號。

喬治亞州立大學球隊的頭盔。這不是一頂正規的頭盔，只是一個過大的塑膠帽，讓我的頭看起來像是一個紙風車中心的塑膠螺帽。

我想還有幾瓶單獨包裝的啤酒在袋子裡滾來滾去。

崔維斯嚴謹地把所有東西放在前廊上，打開一瓶啤酒，然後說：「我們上工吧。噢，等等……你想要抽一口嗎？」我點點頭，露出微笑，他放了一根假的捲菸在我嘴唇上，我假裝吸了一口氣。要是真的吸菸，我會死的，但他每次都會問我，我真是愛死他了。

現在，我已經完全打扮好了。

崔維斯把我搬進猛瑪象裡，然後扣上我的皮帶。他跳進卡車，把臉湊到我的頭盔正前方，然後用牙齒叼著電子菸，模仿杭特．湯普森[31]。崔維斯很愛杭特．湯普森，雖然他對杭特．湯普森的印象都是從強尼．戴普主演的那部電影來的，我很確定崔維斯從來沒有讀過他寫的任何一個字。「快點，快點，快點，丹諾。」他邊說，墨鏡後方的雙眼邊像動畫般快速四下張望。「直到速度的快感壓過對死亡的恐懼。空降之死！！！！」

〔你這個瘋子。〕

〔你明明愛死了。這是一趟直達美國夢核心的激烈旅程耶！〕

〔**我不知道我今天有多少動力。**〕

〔這星期很難熬吧。你還好嗎？你想去嗎？〕

〔**我想。這是一整個星期最棒的一天。我只是累。我好累。**〕

〔我們不用勉強。你只要跟我打信號就好了。如果我不在的話，就叫珍妮佛吧。〕

〔**她也要來？**〕

〔可以嗎？〕

〔**可以啊。她很棒。**〕

〔太好了。她真的很好。〕

31 電影《醉後型男日記》的主角。

〔我很高興她一起來。〕

〔我也是，老兄。但是你確定你沒事嗎?前幾天的事滿嚴重的。〕

〔我打死也不會錯過今天的。〕

〔猛——瑪——象!!!!!〕

這整個過程對一個甚至沒念過喬治亞州立大學、也沒有特別喜歡美式足球的人來說，是個大工程。但你可不能半吊子地度過星期六比賽日。

*

我們駛進校園兜風，雖然這趟路有點多餘，卻讓每一個等待開賽的雅典市民對我歡呼——才早上九點半，居然已經有這麼多人為了下午三點半的比賽聚集在這裡，真的很扯。然後我們抵達停車的地方，就在史第格曼體育館旁邊。這裡是喬治亞州立大學籃球隊、排球隊和體操項目競賽的場地。我喜歡這個地方，因為這裡人潮洶湧，距離我家也夠近，我隨時想回家都可以。我承受這一切的程度有限。最後，你會發現，這些人只是有點太愛美式足球了。

但這畫面實在讓人難以抗拒。南方有很多問題——聯邦旗、系統性壓制選民、一間像樣的壽司店都沒有——但今天的景象不是個問題。人們喝著波本威士忌，坐在自己的椅子上，看著車子來來往往，讓自己微醺得心滿意足，聚集在一起，隨著這一天的進展，逐漸融為一體。今天的最後會有一場比賽，而且是一場重要的比賽，但比賽本身更像睡前娛樂，而不是今天的本體。大部分的粉絲甚至不會去球場。他們只是在一年中用七天和朋友待在一起，不管是過去結交的老朋友或即將認識的新朋友，享受著每個人都不經意地前往同一個目的地的特別日子。

我只是坐著看他們，就和所有人一樣。一如往常，我並不完全參與其中。但有那麼一刻，戴著這頂荒唐的頭盔時，我也是他們的一份子。

*

珍妮佛悄悄出現在我身邊，把手放在我的腿上。這女孩真的很喜歡碰觸別人耶。她的手總是放在我身上各處。我不介意。

「丹尼爾，你過得怎麼樣呀，好傢伙？」她的語氣有一點點不自然，顯然是為了崔維斯才這麼做，他正站在不遠處，假裝自己沒有在聽，但我也不介意這一點。「你前幾天晚上真的很嚇人。」

珍妮佛還不知道怎麼像瑪扎妮和崔維斯那樣不用語言和我溝通，但她能從我一系列的搖頭和點頭中看出：我很好，謝謝，沒什麼好擔心的。

「噢，那就好！」她大聲說。「那我們來喝個爛醉吧！」她吻了吻我的臉頰，雙手高舉在半空中。「一口酒！一口酒！誰想喝一口酒啊？」我覺得她和崔維斯真是絕配。

一如往常，每個人都有自己的車尾派對，也就忘了我的存在，所以我只是坐在那裡，聽著大家心裡在想什麼。這些車尾派對就像是我的小小新聞網，我可以藉機一窺喬治亞州雅典市民們飢渴而迫切的心靈。這個星期的話題主要都圍繞尋常的事情打轉。**我當然很高興熱浪已經過了，現在終於可以出門了。為什麼喬治亞不帶球突破啊？你有看到總統發的推特嗎？有一部超好笑的小嬰兒和小貓的影片，吶，你一定要看一下，等我一下，讓我翻一下手機。你有聽說黛比她妹妹的事嗎？超慘的。真的超慘的。**

但是很顯然地，最主要的焦點當然是愛欽了。這個星期的各種集會讓所有人都議論紛紛著各種理論。其中一個距離我們一輛車的大學生撐在飲料保冷箱上雙手倒立，隨興得好像讓兩個陌生人抬著你的雙腿、上下顛倒地喝啤酒，就只是圍著保冷箱閒聊似的。她說她聽說愛欽和男友吵了一架，而且「他是一個很靠不住的人」。另一個在市中心唱片行工作的男人很大聲地告訴崔維斯，她只是怕自己會失敗、會讓父母失望，所以躲起來了，現在她知道自己引起了多大的騷動之後，就隨時都有可能自己出現。一個警察在和排流動廁所的女人開著玩笑：「只要看見一個亞洲女生在大學校園裡走動，大家就拚命打電話給我們，但這每分每秒都在發生啊。」我從眼角餘光看見珍妮佛惱怒的表情。

每一根路燈的燈柱和交通號誌上都貼了海報，而且不只是我在西洋棋桌遊店看到的那種而已。整個校園都承擔起這個使命。兩群亞洲學生和一群對抗性暴力的校園女性團體，總共三組人馬在桑福德路上遊行著，高喊「為了愛欽！我們要正義」還有「我們的聲音不會被扼殺」。亞特蘭大四家不同媒體的新聞車正在訪問所有願意停下來受訪的人，邀請他們談論愛欽的事情，我聽見其中一顆說話的頭（可惜不是柴斯利．麥克尼爾）正在直播新聞：「大學美式足球比賽週末的興奮之情，因為愛欽的悲劇，不得不蒙上了一層陰影。這個失蹤的女孩成為籠罩在每一位喬治亞鬥牛犬隊粉絲心頭的一陣迷霧。」

每個人都在討論這件事。但沒有人有任何線索。

就連我也沒有。再也沒有了。

39.

我的平板響了起來。我收到一封來自公司的郵件，問我昨天為什麼沒有打卡。奈特·席佛又公佈了一些會讓人提高警覺的新數據，請我點進連結。「你的派」糕餅店這週末有買一送一的特價活動。高等法院為我看不懂的某件事做出了裁決。

然後是喬納森。我幾乎整個下午都沒有看手機，但他顯然在收到我的信後幾分鐘就馬上回覆了。

我把輪椅移到車尾派對的一旁，遠離一個正在大聲宣揚自己的股票組合有多優秀的男人，他穿著一條印有小小鬥牛犬的紅色長褲，把運動型太陽眼鏡用某種繩子套在頭頂上，正喝著一瓶百威的萊姆莉塔酒。我點開電子郵件。

丹尼爾：

你看，現在我不確定我們的波長合不合了。你知道你那個鄰居嗎？那個從國外來的？你知道他的工作可能比你的好，對吧？或者至少，有一天他的工作就會比你的好了。我不是種族歧視或什麼的。我討厭種族歧視。但我們還是別自欺欺人了，丹尼爾。現在這個時代不屬於你我。

上星期，雅典市的一個高中老師為校報寫了一篇社論。她說，對她來說，教導白人男孩實在太困難了。她真的這樣寫耶，「白人男孩」。為什麼她會說很難教呢？聽好囉，丹尼爾——「他們根本連試都不試，就想得到獎勵。」所有青少年都是那個死樣子。但她就特別針對我們。如果其中一個白人學生跟她說：「嘿，你讓我覺得我身為白人好像對不起誰一樣。」你猜會發生什麼事？他們會把他踢出學校！

我不是納粹，丹尼爾。叫納粹去吃屎。直接揍爆他們。但想想這一點，丹尼爾。有些老師覺得教學的工作是其次，他們只想告訴愚蠢的青少年，他們是因為身為白人所以才這麼混蛋。一個孩子的人生中就只有這麼一次機會，他需要一雙手擁抱他、告訴他他會成為很棒的人，說他想成為什麼樣的人都可以，但他們卻告訴他，他不只要為自己所有的問題全權負責，還得為別人的問題負責。難怪他這麼生氣。只不過是呼吸和在這星球上行走，我們就突然成了混蛋。

為什麼就因為我是白人，我每次離家時都得被人迎頭痛擊？你有覺得自己像比別人更有優越感的人嗎？我知道我是沒有啦。

這種事有時候真的讓我很不爽。不只是有時候。這讓我他媽的非常不爽。我很常不爽。我也不想為了種族的事情這麼困擾。不只是種族的問題而已。而是所有事情的問題。是女生看你的眼神的問題，靠，或是所有人看你的眼神的問題。好像他們知道一個你不知道的笑話。是那種輕蔑的目光。他們都在輕視我們。他們覺得自己比我們更懂。但他們也沒有。我才懂。人們微笑的樣子，好像自己都是好人，但他們不是好人。我對這世界有一些想法，但是他們不想聽。他們不在乎。他們完全不在乎我。這讓我很想尖叫。這會讓你想要尖叫嗎？你一定也有這種感覺吧。我感覺得出來，你也是這樣想的。我們的共通點可能比你以為的還要多，丹尼爾。

這也是愛欽懂的另一件事。從來沒有人用她看待我的方式看我。她會聽我說。她會聽我說。你可以用同樣的音量、同樣的語調、同樣的節奏對某個人的耳朵講話，但他們就是不會聽。但她會聽。她從一開始就在聽了。有她在，整個空間的感覺都不一樣了。終於有人知道我有話要說了。她知道我有很多話要說。我開始認為我也許愛上她了，丹尼爾。哇喔。你是我第一個告訴的對象欸。能說出口的感覺真是太好了。她也會愛我的。也許她已經愛上我了。她也許還不知道。但她會的。

她在這裡就是不一樣。我比較沒那麼想尖叫了。她使一切都……平靜了許多。我不知道如果少了她，我要怎麼辦。我沒辦法沒有她。現在一切都好多了。

喔！我想她記得你呢。我問她在早上上學途中時，有沒有見過什麼人，她說有，她有看到人。我花了一點時間才讓她說出來。但我讓她說出來了。這倒是滿有趣的。

喬納森　敬上

40.

或許是時候停止這些信件往來了。我正讓他沉迷在不該沉迷的事物中。不管他有沒有打假電話報警，喬納森顯然都有什麼地方不對勁，而和這一切越靠越近，對我來說似乎不是個好主意。他要不是精神異常，要不就是……別的。

為了確保安全，我把喬納森的信件轉寄給安德森員警，信件內加了一句「這傢伙太誇張」。警察一定常常得應付這種瘋子吧。光是用想的我就覺得累了。但話又說回來，像我這種和其他瘋子信件往來的神經病，我想知道安德森員警會有什麼看法。

今天這場比賽的賽況一面倒。通常都是這樣。我對美式足球了解得不多，但觀察一下有多少人離開車尾派對、進入球場，你就會知道這場比賽的比分有多接近了。而今天，進場人數的比例非常低。

崔維斯和珍妮佛快樂地略過了比賽，只是隨興地互相拋接著一顆美式足球，每次喬治亞得分時，他們就會喝一口酒，時不時會經過我身邊，確保沒有人把我撞翻，然後趁沒有人注意時偷偷溜走，再帶著滿身……嗯，崔維斯平常的味道回來。

中場休息時，喬治亞已經以二十七比七的分數領先，而在街上遊蕩的車尾派對人士們，已經幾乎無法用樹枝在地上寫自己的名字了。我很累，也想要回家了。我已經讓崔維斯幫我脫掉荒謬的造型，而這徹底抹去我剩下的任何一點傳奇價值，一面倒的比賽也使群眾逐漸散去。三年前，我會很快樂地坐在這裡看著瘋狂的雅典市，也許還會偷偷和自己打賭，看派對上的哪個人會先昏過去，但我已經什麼都看過了，我也已經沒有過去那種精力了。儘管位於喬治亞州，又處在全球暖化的時代，十月午後的涼意對我造成的耗損還是比我願意承認的更多。六點左右時，我的呼吸就會開始有點喘了，雖然那只不過是沒什麼大不了的小毛病——只是一絲氣音、一陣喉頭輕微的搔癢感——但別人看到時卻總被嚇得半死。酒醉的人們會開始側眼看著你，就好像有一點點發生壞事的可能性，他們卻醉得無法即時提供幫助，所以我最好在那之前回家。身為二十六歲的肌肉萎縮症患者，我知道最好在不得不離開的那一刻前半小時離開派對。尤其是當那股搔癢感、摩擦感仍在我的喉頭顫動的時候。

我朝崔維斯駛去。

〔**我要準備回家了。**〕

〔需要搭便車嗎？〕

〔不用。回家的路程很快。現在好像還沒有人昏迷在人行道上，所以我應該沒問題。〕

〔瑪扎妮八點會去，對吧？〕

〔**應該吧，而且都會帶著精釀啤酒的酒臭味。**〕

〔好吧。珍妮佛和我就留在這裡了。〕

〔她很棒。〕

〔我知道。〕

然後他把剩下的啤酒喝完，打開另一瓶，放進啤酒保冷袋裡，然後手舞足蹈地走進夜色之中，看起來無憂無慮。對崔維斯來說，一切都會沒事的，一直都是這樣。

轉過轉角，遠離史第格曼體育館，沿著農業街前往我家的路途中，車尾派對已經逐漸在收尾了。帳篷被拆除了，休旅車倒車離開，好避開散場後的車潮，大學生也都已經前往市中心的酒吧。儘管比賽還在繼續，活動已經開始減少，人們逐漸離開，街道散落著拋棄式飲料杯，但人潮明顯變得稀少。現在夜晚感覺更冷了，當我乘著輪椅往我家的方向前進時，太陽開始下山，街燈亮起，發出嗡嗡低鳴，一切平靜不已。我意識到，在幾小時前還興奮刺激的市街上，我突然變得非常孤獨。

41.

到家。瑪扎妮來了，準備送我上床。她是在下一個打工前順道來訪的。她等一下準備去兄弟會的校友活動，而每一次星期六的主場比賽都會讓她有些分心，比平常狼狽一點、趕一點，動作也比平常唐突草率了一些。

「你得放自己一天假，丹尼爾。」她邊說邊幫我扣好睡衣的鈕扣，然後順便幫我擦掉臉上的一點飛沫。「你看起來太累了。你的活動太多了。明天你也許還是待在沙發上休息吧。我們要不要看網飛?網飛上有好多東西可以看喔。」

我對她嗤之以鼻，但我甚至沒有意識到自己正在這麼做。

「噢，真是不好意思。」她邊說，邊有點太用力地幫我梳頭髮。「那你就把自己累壞好了，如果你想的話。別聽我的。我只是幫你洗澡的看護罷啦，我懂什麼呢?」

我的肺部釋出一點點空氣，發出了一聲呻吟。她停下梳頭的動作，碰了碰我的臉。

「對不起，丹尼爾。」她說。「這週真的不容易。」

〔**沒關係。**〕

〔我真的很抱歉。只是事情有時候讓人太難承受了。〕

﹝明天就會好多了。你說得對。我確實需要休息。﹞

﹝我們都需要休息。﹞

我的頭朝書桌的方向倒去。我很累，但我得平復一下，要檢查工作信箱，還要和我的真實生活重新連線。我參加過車尾派對，也在校園中央昏倒過，還假裝過自己是神探可倫坡或蝙蝠俠了，我也忽略我的日常生活和責任夠久了。就連他們雇來做這份工作的那個罪犯都沒有辦法偷到這幾小時的閒。

我一邊檢視電子郵件，讓瑪扎妮放下窗簾。她總是會給我「五分鐘警告」，那是她被動攻擊性地表達「該收心了，夥伴」的方式。光譜航空的主管沒有對我發脾氣，我也沒有收到媽從熱帶島嶼寄來的郵件，更沒有其他新聞。我們遠離電腦時，都會花太多時間擔心自己錯過了什麼。答案幾乎總是什麼也沒錯過。

除了喬納森。他傳了四封新郵件給我。每一封都比前一封更短一點。

幫我躺上床後，瑪扎妮看著鏡中的自己。

﹝請把平板留給我。我還沒看完。﹞

﹝明天見吧。別熬夜熬太晚。我得走了，對不起。﹞

﹝再見，瑪扎妮。可以把平板給我了嗎？﹞

她離開了。我深吸了一口氣。第一封郵件是下午三點三十分寄來的。

丹尼爾：

很抱歉。我只是有時候會有點挫折。你不會覺得很挫折嗎？你試著當個好人，你想做對的事，但每個人都還是覺得你是個混蛋。我只是想說這個而已。這真的讓我很難忍受。你會覺得很難忍受嗎？

這是愛欽的一大優點，她很不一樣。她不覺得自己擁有任何東西。她只是接受我原本的樣子。一開始她沒有。但她現在越來越懂我了。我們越來越懂彼此了。她今天甚至叫了我的名字耶。她的英文逐漸進步中。我很高興能幫她這個忙。

不論如何，我不是有意聽起來那麼生氣的。你會知道，這是我的特質之一——有時候怒火就是會這樣傾瀉而出。但接著它就會消失了。來得快，去得也快。

我保證！

喬納森　敬上

下午四點五十四分。

丹尼爾：

你有去看美式足球賽嗎？我覺得這個城市對美式足球的迷戀很可悲。只是一群腦下垂體有病的人互相撞爛對方的臉而已。還有那堆老男人，他們覺得全世界只有這件事情重要。他們和自己的完美老婆坐在外面，梳著完美的髮型、穿著愚蠢的高爾夫球上衣，對他們從來沒有興趣的黑人男孩放聲尖叫。如果他們看見自己最喜歡的球員穿著普通的衣服走在街上，他們都會躲到對街去。這真的很糗。希望你沒有去看球賽。希望你不是那種人。

喬納森　敬上

下午六點五十八分。

丹尼爾：

對不起，我知道我寄太多封郵件了。我的話有時候太多了。每個人都這樣說。我不覺得我話太多就是了。我覺得我很正常。你知道那部電影《戀愛雞尾酒》嗎？亞當．山德勒的那部怪電影？他去參加一個晚餐派對，那裡的每個人都覺得他是怪胎，還有人問他：「你有沒有覺得自己哪裡有毛病啊？」

他說：「我不確定我哪裡有毛病，因為我不知道其他人是什麼樣子啊。」我不覺得我自己哪裡有毛病。但我也不知道其他人是什麼樣子。

所以我才很高興我們能對話，丹尼爾。我覺得你和我跟其他人不一樣。

我得去睡覺了。我在期待你的郵件喔。回我信吧！

喬納森　敬上

然後晚上十點〇一分又有一封。這一封是五分鐘前寄來的。和其他郵件不一樣，這封信被歸類到垃圾郵件裡了。我用不了多久就發現原因了。

郵件裡寫道：

我叫爱钦　我被困在一个小屋里　我不知道我在哪里。有一个叫约翰的人，违背了我的意愿，抱着我。我需要帮助　你是谁？可唔可以　吓我呀？

我費力地轉過頭，看向身後。那裡一個人也沒有。

星期天

42.

我睜開眼時，陽光普照，燦爛不已，像正午的陽光。我為什麼還躺在這裡？我聽見別的房間電視傳來美式足球賽的聲音。是NFL在比賽嗎？現在是下午嗎？我睡了多久？我好困惑。為什麼沒有人來叫我起床？

我翻過身，背對床邊那面牆，然後眨了眨眼，發現牆壁正在移動。我抬起眼睛，看見一隻狗。是一隻杜賓犬，面孔修長細瘦、稜角鮮明，看起來像一顆瞄準著你的子彈。牠的嘴吐著泡沫。牠瞪視著我幾秒鐘，一開始是好奇，後來則是威嚇。牠的視線惡毒而嗜血。

牠朝我的喉頭撲來。我向後撞上牆壁，撞到了頭，這次讓我真的醒了過來。我渾身是汗與尿，大口喘著氣。

43.

還是下午時分。電視還在播 NFL。瑪扎妮正在浴缸裡幫我清洗。

「我今天早上一起床就來了，但你還在睡。」她說，一邊把一整疊濕衣服丟進一個塑膠垃圾袋裡。她一天的工作中，有百分之九十的時間都要親手處理那些會讓大部分的人吐出來的東西。「而且你睡得很沉。我一開始還很擔心！但你需要用這種方式休息。你需要徹底休息。所以我就讓你徹底休息了。」

今天的光線有點太亮了。路上一定有很多宿醉的人。如果你看過大學校園湧進成千上萬的醉鬼、踐踏整個地方十五個小時的樣子，然後又意識到需要多少人力才有辦法清潔環境，你的罪惡感大概會重得讓你再也不去看美式足球賽了。瑪扎妮身上已經佈滿了油煙、灰塵和啤酒的污漬，天知道還有什麼別的。她身上的味道像在鬆餅屋外的大垃圾箱睡了一晚，但她只是早上去打掃車尾派對的場地而已。她把一條濕布塞進我的右耳，讓我的左耳都能聽見清潔的聲音，我反胃地皺起鼻子。崔維斯稱之為我的「想當混蛋」臉。我整個人焦慮又緊繃。

她幫我把身體擦乾，替我套上褲子與上衣，然後幫我坐上輪椅、繫好安全帶。「你現在可以吃早餐當午餐了。」她說。「不過反正都是蛋就是了。」

現在是下午。我這輩子可能從沒睡得這麼久又這麼沉過。

*

在瑪扎妮帶我進行星期天的散步前，我又打開了那封電子郵件。

我叫爱钦　我被困在一个小屋里　我不知道我在哪里。有一个叫约翰的人，违背了我的意愿，抱着我。我需要帮助　你是谁？可唔可以　吓我呀？

也許喬納森開玩笑開得有點過頭了？安德森員警說他迫不及待想參與其中，而學中文絕對是非常迫切的行為。我甚至不知道鍵盤有中文的選項。他一定是用蘋果電腦。

我把這封郵件複製貼上到谷歌翻譯，不過他當然有可能也是這樣翻譯出中文郵件的。翻譯出來的結果如下：

我的名字是愛金。我被關在一間小屋裡。我不知道哪裡，我有一個男人叫做約翰，針對我，抓著我。我需要幫助。你是誰？你可以嚇我嗎？

我瞪視著電腦，完全不知道該說什麼。這到底是什麼東西？

我立刻把郵件轉寄給安德森員警。我不知道這是不是真的——老天，但這感覺太真實了！對吧？這對你來說也很真實吧？——但安德森員警是除了我之外，唯一一個和喬納森說過話的人，而且他是個警察，而且媽啊，這封郵件快把我嚇死了。

我輸入道：

很抱歉我一直打擾你，但這傢伙真的真的很奇怪。你覺得我們要不要再去他那裡看看？我該繼續和他寄電子郵件嗎？你能打給崔維斯嗎？

我又繼續瞪視著那封郵件。翻譯不太對勁，但顯然是出了什麼事。如果喬納森真的瘋到假裝成愛欽寫這種訊息，然後又用谷歌翻譯翻成中文來鬧我，他的英文真的有這這麼差嗎？這感覺很不對勁。但話又說回來，他打電話給警察自首那些他根本沒犯的罪，也是夠不對勁了。這個語調看起來不像是喬納森，但誰寫信的語調會像谷歌翻譯呢？

而且，如果她真的在那裡怎麼辦？

我會給瑪扎妮看那封信，但現在還不行。我們要先進行星期天的散步儀式，我希望她可以在不知道發生什麼事、無憂無慮的世界裡多活一點時間。崔維斯在大學時也有過這樣的日子，他不看他的銀行帳戶，也不看 ATM 的明細，這樣他就可以在心理上否認自己有多窮的事實。

星期日早上，瑪扎妮推我的速度都會稍微快一點。她有太多工作要做了，儘管現在應該是她一天當中最棒的時段——幫我清理老二和蛋蛋，幫我穿上乾淨的內褲，還有她能找到的任何其他仍然能穿在我身上的衣物，把雞蛋塞進我嘴裡（不過有四分之三都會掉出來），推著我虛弱的身子在學校四周移動，把我放回我原本坐的椅子上，沒有得到任何感謝，只有我開玩笑說她聞起來有多臭，這當然是她一天當中最棒的時段了——她還是得匆忙趕著結束。我不介意她的倉促。現在是個陰涼的午後，威氏量表絕對是六分或七分，吹在臉上的風感覺乾淨而清爽。

「所以你和崔維斯一起去看比賽嗎？」她說，語調中帶著奇怪的歡快節奏。「那個女孩也一起去嗎？我覺得她突然常常出現呢。」我什麼也沒說，因為我患有一種非常嚴重的疾病，使我的肌肉萎縮到沒辦法發出有力、有辨識度的字彙，瑪扎妮知道這件事，而這象徵著這段對話一如往常地更像她的獨白，而不是在對我說。

「我相信他需要像那樣的好女孩。」她說。「崔維斯是個乖孩子，但他年紀也大了。他不再是個小男孩囉。他玩通宵、參加音樂會和抽大麻的狀況已經太超過了。他需要一個好女孩。他得長大了。他需要一間房子、自己的房子，才能組成自己的家庭。他已經不是男孩啦。」

瑪扎妮常對崔維斯的生活有這些不請自來的看法，不過通常都比這次更批判一點，而且更準確地說，通常是崔維斯站在她旁邊時才會有。

「他一直都是你的好朋友，這麼久了。」她邊說，邊帶著我走上農業路，朝我家走去。「你們還是小孩的時候就在一起，一直都在照顧你。他現在還是和你在一起。他帶你去你想去的地方，他把你放在那輛可怕的卡車後面載著跑，他幾乎每天都來看你。他真是個好朋友。」

我開始意識到，這段對話完全不是要說給崔維斯聽的。

在接近我家前廊時，瑪扎妮彎身靠向我。

「丹尼爾，我希望這個女孩適合他。」她邊說邊盯著我的雙眼。我以為她在趕時間耶？「但如果不是這個女孩，那就會有下一個。有一天，會有個女孩出現，而且再也不會離開。他們會組成自己的家庭。他得擁有自己的生活。他永遠都會挺你，但他不會永遠都能像——」她邊說邊舉起一隻手，轉了幾圈。「——這樣。你懂嗎？」

〔我懂啊。你為什麼會覺得我不了解呢？而且你為什麼在現在提這個？〕

「這會比你想像的還要早發生。都是這樣的。你得先做好心理準備。」

〔嗯，如果夠幸運的話，我很快就會嗝屁，他就有很多時間可以組成你想要他組成的家庭了。〕

「這不好笑。」

可憐的瑪扎妮。只有疲憊的瑪扎妮才會提起這件事。只有累到極限的瑪扎妮才會說出這麼無法反駁又決絕的事實。

我低哼了一聲，瑪扎妮注意到我的左眼流出一滴眼淚。外面的風太大了。她抹去我的眼淚，送我回房間。我對著電腦的方向示意。

〔你還沒玩夠啊?你整夜都在用電腦嗎?〕

〔我有東西要給你看。〕

〔你知道我不喜歡電腦。〕

〔這很重要。跟最近發生的事有關。〕

「好吧。」她說。「但你知道我很快就要走了。」

她走到另一個房間拿她放在包包裡的眼鏡。她把眼鏡戴好，瞇起眼睛，將臉靠向電腦。我看著她無聲地唸著郵件的內容。然後我給她看翻譯的信。然後她的臉色變得蒼白。

「噢，丹尼爾。」她說。「這太糟糕了。」

〔是嗎?〕

〔你為什麼還在跟這個人聯絡?〕

〔他感覺很寂寞。我有點……我覺得我們有點懂對方的感覺。〕

〔這個人要不是心理有問題，跟你玩這個小遊戲玩過頭了，要不就是……也許是更可怕的事。你什麼時候收到這封信的？」

「昨天晚上吧，我猜。我睡了很久。」

「你有把這封信給別人看過嗎？」

「我寄給警察了。我還沒有收到回音。」

「我們得打給他。」

「這很詭異。」

「我們也得打給崔維斯。現在就打。」

「我們得打給崔維斯。」跟我說完後，她大聲說出口。「我們現在就得打給他。」

44.

「對，對，你要看一下你的信箱。」瑪扎妮說。「現在就看。」

瑪扎妮先留了一則訊息給崔維斯，叫他現在立刻馬上就過來，然後她便打給安德森員警，打開擴音。「女士，我現在在開車。我不能現在看手機。」他的語氣略不耐煩。這個殘障小孩家裡就是沒有人要放過他。

「你得先在路邊停一下，這很重要。」她說。

「你不能直接告訴我郵件裡寫了什麼嗎？」他說。

「丹尼爾傳了一封喬納森寄來的郵件給你。」

「他還在跟喬納森通信啊。我以為我跟他說過了，喬納森就是一派胡言。」我聽到某個人在他旁邊輕笑著，我猜是他的搭擋。

「對，但喬納森寄了一封讓人非常心神不寧的信。」

「他自己就是一個心神不寧的人，女士。」

「對，但丹尼爾收到的這封是中文的。」

「可以再說一次嗎？」

「喬納森寄了一封中文的郵件，我們翻譯之後，看起來好像是愛欽寫的。」

「什麼？」

「他說，等等，不是，不是，她說他抓走了她，她需要幫助。」

「他說的？」

「不是，是愛欽說的。」瑪扎妮的耐性用完了。「可以拜託你看一下郵件嗎？」

安德森員警重重嘆了口氣。「等一下，我在開車。」我聽見他對自己的搭擋說：「打開我的信箱。」我們聽見了很多摩擦和摸索的聲音，然後他的搭擋喃喃自語：「我要找什麼？」安德森員警叫他找一封我寄的電子郵件，而他的搭擋開了個玩笑，說他的信箱裡什麼都沒有，只有威而鋼的詐騙信。瑪扎妮大概隨時會把手機往牆上砸。

「噢，我看到了。」他對安德森員警說，然後開始讀起最後一封郵件。當他讀到中文的部分時，他停了下來。我聽見他們低語討論著，但卻聽不出他們在講什麼。又出現了更多摸索聲，然後安德森員警重新接起了電話。

「好，我們收到你寄來的東西了。」他說。「這實在是……非常奇怪。就算以他的標準來說也是。」他沉默了幾秒鐘。「好吧。我們今天還有幾個點要去，但我們會試著在下班前去他那裡看一下。光是他這樣一直打擾你，就足以讓我們想去和他聊聊了。」

瑪扎妮緊張地對我豎起大拇指。

〔我該怎麼做？〕

〔什麼意思？〕

〔我該繼續和他通信嗎？〕

「他應該繼續和他通信嗎？」她問。

安德森員警再度和搭擋討論了一下。我希望他的搭擋比他年長也比他聰明。也許他是《法網遊龍》中的蘭尼。或是神探可倫坡。或者只是一隻特別充滿好奇心的狗。「繼續回他信吧。讓他覺得一切都還很正常。讓他繼續說。」

等等，我以為一切確實都還很正常啊？

「你可不可以也過來這裡一趟？」瑪扎妮說。「我們有點不安。」瑪扎妮確實看起來很不安。而這讓我有點擔心，也許我不夠警覺。我該更感到不安一點嗎？

「我不太確定我們有沒有時間，但請務必告訴丹尼爾，如果喬納森露出威脅的意圖，一定要告訴我們。」他說。「我們今天會試著替你去看看他，好嗎？」

瑪扎妮謝謝他，然後逼他保證，如果她再打去的話，他一定要接聽。他同意了，聲音聽起來十分疲憊。

瑪扎妮掛掉電話，拿起一條毛巾幫我擦臉。然後她擦擦自己的臉，然後在廚房桌邊坐下。

〔謝謝。〕

〔我不喜歡這樣。一點都不喜歡。崔維斯在哪裡？〕

〔你得走了。你這樣去……任何地方都會遲到的。〕

〔我覺得你不該獨自待在這裡。〕

〔沒關係。這沒什麼啦。我把郵件轉寄給崔維斯了。如果他覺得有什麼的話，他也可以把它轉寄給警察。〕

〔這讓人很害怕。警察確定這個人無害嗎？〕

〔是的。你反應過度了。沒事的。早知道我就不要給你看了。〕

但我其實沒那麼肯定。

「聽著。」瑪扎妮說，而我看見她在打量掛在門上的外套。她愛怎麼擔心都可以，但她確實還有一小時接著一小時的工作要做。她不能在這裡浪費太多時間，她自己很清楚。我也很清楚。「我今天晚上會看看能不能再回來，等到記者會結束之後，我有休息時間的時候。但我不太確定，那種活動通常都會很久。」

瑪扎妮的另一個工作是去柯比．斯馬特一週一次的賽後記者會端汽水和發點心。這又是一個爛工作，但至少她可以看到柯比。

「而且，」她邊說邊掏出手機。「崔維斯今天晚上最好待在這裡。」她打了他的電話，進入語音信箱，他永遠不會聽語音信箱的。深吸一口氣後，她對崔維斯爆發了：

「崔維斯。我是瑪扎妮。丹尼爾需要你。你得盡快過來這裡。我得走了，但他會在這裡等你。這是緊急狀況。」她頓了頓。「嗯，不是緊急狀況。我不是要嚇你。現在還不緊急。但也許會變得緊急。快來吧。如果有需要，你就把女友也帶來。我喜歡她。嗯，我不太認識她，但她看起來人很好。但我現在需要你過來。不是緊急狀況，但請你快過來吧。」

她又頓了頓，然後看向我。

〔**掛掉電話吧，瑪扎妮。他永遠不會檢查自己的語音信箱的。**〕

〔對不起。〕

我在過去這一週裡聽瑪扎妮說過的話，已經比過去一整年還多了。這世界越來越瘋狂了。她的內心在分崩離析。她被嚇壞了。瑪扎妮變得心驚膽跳、緊張不已，話說個不停，這讓我覺得很可怕。

她靠向我，抬起我的下巴，用雙手捧起我的頭。她直盯著我的雙眼，癟起嘴，咬牙說道：「**小心。一點。丹尼爾。**」

〔**我沒事的。**〕

然後她把我推到電腦前，因為我們都知道，我得回信給他。

「我今天晚上會找時間來看你。」她說，但我已經在盯著螢幕了。

45.

我不是偵探，所以我現在不太確定要怎麼想。喬納森顯然和我用了同樣的谷歌翻譯。但他為什麼要傳那樣的中文郵件給我？他是覺得我都沒有回他信，所以我其實不相信他嗎？為什麼他覺得有必要說服我這是真的？他沒有理由認定我不相信他。他不知道我和安德森警探說過話，並得知他喜歡捏造故事了。就我所知，在他眼中，他和我說的一切都是最坦白的。

覺得自己孤單，需要得到關注，還需要朋友，這是一回事。但現在這感覺是另一回事了。

也許他真的抓住她了。也許她這段時間都一直和他待在一起。

也許我們的通信讓她的狀況更危險了。安德森員警說我可以繼續和他保持聯絡。所以我可以直接問。**沒有人料想得到**。但是如果愛欽真的在那裡，這只會讓她陷入更深的險境。但話說回來，他可以看到自己的帳號寄出了哪些信件，對吧？也許先保持中立一點，忽略那封中文郵件，然後在牌桌上多放幾張牌。

小喬：

我想保持平靜的態度。我很喜歡我們目前的對話。我真的認為我們可以幫助到彼此。但我對你很誠實。所以我也希望你對我誠實。我會對你更坦白的。

我和一個警察談過你的事，他說你很喜歡打給他們，說你喜歡做這種事情。關於報警的事，對不起，但你當然可以理解吧。我確實看到愛欽被人帶走了。你傳郵件給我的時候，我就認為是你，但因為警察早就認識你了，所以我覺得也合理。所以你不需要再這麼做了。你不需要假裝你帶走了她。如果你是在假裝的話。

沒關係的。真的沒關係。我覺得孤單一人的感覺太糟糕了。我覺得沒辦法和人對話的感覺很痛苦。我覺得，每個人都把你當成笨蛋或混蛋的感覺最難熬了。我也和《戀愛雞尾酒》那個男的有一樣的感覺。

所以就到此為止吧，我們可以開始真正的對話了。你不是真的帶走了愛欽。那並不真的是她。你可以告訴我的。我不會像那個警察一樣。我不會取笑你的。我是站在你這邊的。我不介意。我保證。她不在你那裡，對吧？

對吧？對吧？

丹尼爾 上

我按下寄出，不久之後，便有人在我眼前一彈手指，喚起我的注意，空氣中瀰漫著一股清晰可聞的大麻味。

「呃……你在忙什麼啊，老兄？你還在跟那個怪胎聊天？」

＊

「所以我幾天不來找你，就會發生這種事，你看。」崔維斯邊說，邊把幾顆柴克比的雞塊同時塞進嘴裡。看到這個畫面，你就知道今天是星期天。正常人是不會買柴克比而不吃福來雞的[32]，除非現在剛好是星期天，你別無選擇。

崔維斯幫我做了蘿蔔香蕉奶昔，那是他幾年前想出來的組合，想看看會不會把我噁心死，但最後卻成了他的特調。他把吸管放進我嘴裡，一邊滑著我和喬納森的信件對話。他讀了幾秒鐘，搖搖頭，又讀了一陣子，無聲地說了一、兩次「三小啊」，然後再讀了一段時間。他讀完信，吹了一聲口哨，放下我的奶昔杯，然後看著我的雙眼。

「我不知道這個傢伙是瘋了還是怎樣。」他說。「但他的腦子一定有問題。」

我笑了，笑的感覺真好。笑的時候會有點痛，但這讓我感覺更清醒了點。

〔**你最近到底都死到哪裡去了？**〕

崔維斯做了一件我從沒見過的事：他臉紅了。他站起身，把我的奶昔杯放進水槽裡，沖乾淨，幫我做了另一杯，轉了轉腳掌，彈了彈舌頭，把果汁機關掉，倒進杯子裡，將吸

32 Zaxby 和 Chick-fil-A，皆為美國的速食餐廳。

管塞到我口中，走去廁所，在裡面待了有點太久，緩慢而謹慎地洗了雙手，然後又回來坐下。

他又頓了頓，然後露出一個和德州差不多大的微笑。

「老兄，我都和珍妮佛在一起，這整段時間都是欸！」說這句話時，他的語調越來越高，好像說出口來讓這件事終於成真了，好像告訴別人這件事之後，能讓他肯定這一切都不是他自己想像出來的。「比賽完之後，我們就回去她家，然後，嗯……我一小時前才終於離開了她的房間。我們甚至連手機都沒看！我從來都沒辦法讓女生不看手機欸！」

我怒視著他。當他終於有機會看手機時，他收到了很多則我寄的訊息。

「噢，對，呃，對不起。」他說。「星期五發生那麼可怕的事之後，我想我應該更提高警覺一點。」

〔**我想是吧？老實說我真的不知道。**〕

〔真的嗎？〕

〔**其實睡很多呢。**〕

〔除了你瘋狂的電子郵件筆友囉。而且你看起來超糟的。你有睡覺嗎？〕

〔**沒關係。我沒事的。**〕

我把第二杯奶昔喝完。崔維斯問我還要不要再一杯，不過雖然我很想要，我還是搖了搖頭。如果再喝第三杯，我半夜會一直醒來小便。而且我忍不住覺得我還需要更多睡眠。在我不小心睡太久之前，我都沒意識到我這麼需要睡覺。我想這種事就是這樣運作吧。

崔維斯擦擦我的下巴，帶我去廁所，然後幫我換睡衣。他還順便幫我擦掉了昨天比賽日裝扮時塗在臉上的黑色顏料，這真的很糗。然後他帶我回到床上。

〔我還不打算睡覺。讓我坐回椅子上。我想看他有沒有回信。〕

〔你究竟有什麼計畫？〕

〔我覺得他想要有個人聊聊天，而他願意和我聊。而且我們都已經進展到這裡了，對吧？〕

〔所以呢？這樣你就可以逮捕他、把他丟進丹尼爾監牢裡嗎？〕

崔維斯彈了彈舌頭，懷疑地看著我。

「我覺得我今晚應該留在這裡過夜。」他說。

我盡可能用力地搖搖頭。

〔我沒事啦。沒關係。我們只是寄電子郵件而已。我看看他有沒有回信，然後就要準備睡覺了。查理，或是……另一個男的會來……晚一點的時候。晚一點的時候吧？我想是吧？現在幾點了？〕

〔現在快到晚餐時間而已。我們才吃了很早的晚餐。你還好嗎？〕

〔沒問題的。夜間看護半夜會來，瑪扎妮明天早上也一定會在。去跟你的女孩相處吧。我喜歡她。〕

崔維斯皺起眉，低下頭，再度彈了彈舌頭，站起身，然後拍了拍我的頭。「你得讓我知道發生了什麼事，你看。」他說。「把這些郵件轉寄給我。然後如果發生什麼詭異的事，第一時間打給我。我明天早上會再過來。」他彎下身，瞪著我。

〔我覺得你不太知道自己在做什麼耶。〕

〔世界上有人真的知道自己在幹嘛嗎？〕

〔但我會挺你。你知道的。〕

〔一直都知道。〕

他幫我擦了擦汗濕的眉毛，把我推回電腦前，然後一邊退出房間，一邊謹慎地看著我。我聽見他穿過我的前廊，聽見他打開車門，然後在引擎啟動前，我就在輪椅上打起瞌睡，電腦的光亮在我面前嘲弄著我，光芒很溫暖。直到最後一刻，它都是我的朋友。

46.

有個女人正看著我，眼神哀傷，幾乎稱得上失望，好像她希望我能跟上她的速度，不能理解為什麼我辦不到。她其實長得有點像金姆，但是看起來更老一點。不是老人，不像老奶奶那樣，甚至也不像瑪扎妮，但年長一些，好像她在過去十年間老化的速度是我的兩倍。她看起來在過去二十年裡過得很好，不會想改變什麼，卻還是非常疲憊。她對我招招手。她揮手要我往前。**過來這裡呀**。

我在夢裡總是可以跑步，但是在你認為「噢，真棒」，以為這算某種美夢成真，好像我終於擺脫了肉身的束縛之前，我得告訴你，能走路的感覺其實沒那麼令人興奮，事實上是相當艱難。走路很難耶！它會傷害你的膝蓋，讓你駝背，還會毀了你的腳。所有存在於這個地球上無限久的地心引力，都在用盡全力把你拉向地面，而你這個行人則得鼓起所有力量對抗這幾千年來的自然環境法則。這個世界並不希望你走路。它希望你癱倒在地。它希望你像我一樣。

不。走什麼路啊。在夢裡，我應該要能飛才對。我想從這一切中解脫，讓我的四肢向四面八方飄起，沒有任何束縛地飄遠，沒有重力，沒有別的力量。我認為這是我的潛意識對我的侮辱，像在提醒我自己缺乏想像力，讓我連在夢裡都不能飛。我應該要能飄向金姆才對。我應該要能咻的一聲穿越空氣，頭髮在我身後飛舞，牙齒打顫，風從我的腳趾間吹過，帶著一股超音速的衝力——

咻——！

——直到我抵達，直到我來到她身邊，直到她能看見我這個人，看見當時的我，而不是我現在這般模樣。現在的她是誰呢？這個四十五歲的女子，比起青少年的我們見過這麼多世面，我們幾乎可以說服自己我們都沒變，說服自己這一切都是真的，我們好像能再度成為一體，在這短短的時光、在這小小城市的小小營地中一座小小池畔旁。她把我當成一個怪胎嗎？當時她也是把我當成怪胎嗎？這重要嗎？她現在又在這裡了，她想要我走到她身邊，而我做不到。我硬著頭皮往前進，地球不斷把我往下拉，每一步都將我的腳抓得更緊。我為什麼不能飛？我為什麼不能飛向她？為什麼就連在夢中，我都沒辦法得到這麼一樣東西？

她看著我，皺起眉。我跳躍著，想飛向她，卻被更用力地拉了下去。我就像往常一樣，哪裡也去不了。而就像往常一樣，她消失了。

我試著對她尖叫，然後我聽到一聲巨大的嗶嗶聲，接著又是一聲，隨後是一聲更大的鐘響，最後傳來一陣刺耳的尖嘯。然後我就醒了。

一則閃爍的訊息在我的螢幕上跳動。

好幾則。

用戶「aichinisnear2011」（愛欽不遠了）邀請您進入谷歌會議聊天室。請點此接受邀請，或點此封鎖該用戶。

47.

我顯然又在輪椅上睡著了。時間還是讓我一頭霧水。外面很黑。算是吧。現在是黃昏？還是只是沒開燈而已？

這是我這星期第三次坐在輪椅上睡著了，這對我而言是極度危險的行為。坐著睡會讓我的肺承受更大的壓力，也會增加黏塊在我氣管裡生成的機率，更容易導致它卡在我的氣管裡，讓我因為自己的血窒息而死。做出這種行徑，就連崔維斯都會罵我。這就是一個徹頭徹尾的壞主意。

但過去這幾天都很瘋狂。

在過去這一小時內，我不斷收到谷歌會議的邀請。喬納森顯然很不爽我無視這些邀請，還有無視他。我的信箱裡躺了五封郵件，每一封都只有一個段落。

晚上八點二十五分　我們應該好好把握這難得的機會聊聊天，丹尼爾。我開了一個谷歌會議的聊天室。連結在此：現在就開啟線上會議！

晚上八點四十一分　不用擔心。我們不用視訊會議之類的。我只是想要說說話。為什麼要等電子郵件呢？你人就在那裡啊！我人就在這裡啊！我們來做朋友吧，丹尼爾。我們應該要當朋友。現在就開啟線上會議！

晚上九點〇二分　我不知道為什麼我要花這麼多精力叫你和我說話。我給你的這股力量很不尋常呢。

晚上九點十九分　現在我有點擔心你被困在一顆大石頭底下了。你是被慧星打到了嗎？不久前，你還迫不及待地討好，那麼高興我們產生了連結。但現在——沒消沒息。所以我有點擔心你。希望你能告訴我你沒事。我們不該浪費這個緣分。現在就開啟線上會議！

晚上九點三十八分　現在就開啟線上會議！現在就開啟線上會議！現在就開啟線上會議！現在就開啟線上會議！現在就開啟線上會議！現在就開啟線上會議！現在就開啟線上會議！現在就開啟線上會議！現在就開啟線上會議！現在就開啟線上會議！現在就開啟線上會議！現在就開啟線上會議！

我算是谷歌會議的半常客。我在光譜航空的主管白天都是透過谷歌會議和我聯繫，看看我的狀態，或是和我更新比較誇張的班機延誤時間，有時候還會傳有點奇怪的右翼梗圖給我。我只有在必要時才會回覆他，或者我想用官方帳號封鎖某個人、需要得到許可的時候，我無權執行這麼高階的公司操作。谷歌會議裡，還有一個昆汀．塔倫提諾的粉絲團，我以前會和他們一起玩。崔維斯和我以前和我也會用谷歌聊天傳訊息，直到他們幾年前把這個功能關掉為止。有時候我會忘記他已經不用這個軟體了，所以我會傳搞笑連結或文章給他——他大概都一年後才會回應，寫道：「靠我都忘了這個帳號還在哈哈哈哈哈天啊。」

儘管它有視訊通話和語音通話的選項，但我只會用訊息聊天的功能，理由我想應該非常明顯。

而現在喬納森想要和我聊天。

現在就開啟線上會議！

我檢查了一下手機。有兩封來自瑪扎妮的訊息，想確認我的狀態，看看崔維斯來了沒。另一封則是我媽傳來的，說她在牙買加看了比賽，還有鬥牛犬加油！愛你。沒有崔維斯的訊息。一片寂靜。沒什麼好看的。

如果我想要的話，我現在就可以和你大談所謂的道德困境。我們可以進行蘇格拉底式的辯論，討論和喬納森聊天的各種優缺點。我能列出所有把它當作好主意的理由，然後再列出（更多）這是個壞主意的理由。你可以告訴我所有我該做的事，我該直接封鎖這個人，把電腦關掉，也許該上床睡覺，也許這次我能飛了。你說得對，我會認同你所有的看法，但你已經和我相處了這麼久，你知道我會怎麼做的。我要點那個連結，然後開啟線上會議了。

48.

flagpolesitta1993（坐在標竿上）

晚上十點十一分　哈囉

晚上十點十三分　哈囉

晚上十點十五分　對不起。我睡著了。今天是星期天。是睡覺的好日子哈哈哈哈哈哈哈

幾分鐘過去。我還以為這傢伙很急呢。又過了十分鐘。當你深深沉迷於一件事，你的心跳砰砰作響，渾身冒汗，而一切是這麼緊繃又刺激，讓你幾乎快要睡著，你懂這種感覺嗎？好像你的身體突然決定，不行，這太超過了，我要放棄了，然後開始執行終止程序。你不懂嗎？只有我會這樣嗎？

我聽到「喵」的一聲，這是我電腦的訊息通知音。管他的，反正我一直都想養貓。

aichinisnear2011

晚上十點三十二分　噢。哈囉。我有點擔心你決定終止我們才剛剛開始的對話了。

flagpolesitta1993

晚上十點三十三分　沒有啦

晚上十點三十四分　沒有啦，老兄

晚上十點三十五分　我在這裡啊。只是打了個瞌睡。怎麼了？換了新手機，你哪位啊，哈哈哈哈哈ㄚ哈哈ㄚ哈

aichinisnear2011

晚上十點三十六分　哈，對啦。嗯，我想我們都很清楚你為什麼會在這裡。

Flagpolesitta1993

晚上十點三十七分　喔？為什麼？

aichinisnear2011

晚上十點四十一分　這很讓人興奮，對不對？我想這應該滿讓人興奮的吧。我喜歡這樣。你也喜歡。老實說，有人可以分享這件事的感覺真的很快樂，我發現有人懂置身事外的感覺，而且這個人並不會非常愛批判。你並不愛批判。批判好無聊，丹尼爾。

flagpolesitta1993

晚上十點四十二分　我只是想搞清楚發生了什麼事。

aichinisnear2011

晚上十點五十二分　噢，夠了吧。

晚上十點五十二分　我得承認，我真的不知道我怎麼會沒看到你。這真的很詭異。但現在這也沒什麼差了。你看到我了。自從愛欽上了我的車，已經過了一個星期，沒有人知道發生什麼事，只有你……嗯，當然，除了我之外。

晚上十點五十三分　你現在還在跟我玩這個遊戲，表現得好像你不知道發生了什麼事一樣。你知道。你明明就知道。

晚上十點五十四分　你會怕我嗎？會的話也是滿合理的。我證明了自己至少有能力綁架別人，而光是這一點，我猜你就已經很難接受了。而且老實說，我自己也很難適應。而且就你所知，這只是個開始而已。我還有能力做得更多。

flagpolesitta1993

晚上十一點　這就是我想搞清楚的部分

晚上十一點　但你繼續說吧

aichinisnear2011

晚上十一點〇六分　丹尼爾，我覺得你靜不下來。跟我一樣！我覺得你已經看夠了這個城鎮、這個世界，還有它們的一成不變。而當你遇上一件不一樣、新穎而真實的事時，你就無法抵抗了。

晚上十一點〇七分　我想你懂我為什麼會這麼說。我想我們沒那麼不同。我想你也是孤獨一人。這不就是我們常常在說的嗎？獨自一人？沒有非常多人可以理解，可以真正理解這種感覺。但你懂。別誤會我的意思，我不是說你會跑去誘拐女生上車什麼的。但這就是為什麼我們能聊天的原因。我想這就是你一開始會看到我的原因。我覺得這是命運。

晚上十一點十二分　這世界很令人寂寞。我覺得你應該也很寂寞。我想你很希望自己能做我所做的事。

flagpolesitta1993

晚上十一點十四分　你錯了

aichinisnear2011

晚上十一點二十一分　我錯了嗎，丹尼爾？你想知道像我一樣做這些事的感覺是什麼。走出家門、改變世界，做一件美好的事，攪亂每天夢遊般度過的人生。你想要找到一個懂你的人。想要看到有人終於他媽的願意聽你說。你看到了，對吧，丹尼爾？你看到我做的事情有價值。你看到我和別人不一樣。因為你也和別人不一樣，丹尼爾。你發現了這一點。你也許不會像我一樣。但你希望你可以。你希望你能做我所做的事。

flagpolesitta1993

晚上十一點二十六分　你做了什麼？

aichinisnear2011

晚上十一點三十一分　所以我們才會在這裡，不是嗎？這也就是為什麼你回了我的電子郵件，為什麼你現在在跟我聊天。你想要知道我能做什麼你做不到的事，我做了什麼別人都想像不到的事。你想知道所有人都想知道的事，那些風雲人物和電視上的名嘴，他們的願望終於獲得了滿足，個個都欣喜若狂，因為他們終於有了一個失蹤的女孩，他們需要一個失蹤的女孩，如果一個星期每天都有女生失蹤就好了，也許大掃除週的星期天還可以有兩個。他們為了失蹤女孩而活。我就給他們一個失蹤女孩。

晚上十一點三十五分　但這並不是我給他們一個失蹤女孩的原因，丹尼爾。我只是想要一個會聽我說話的人。我知道她會走過農業街，我也知道，如果我夠早抵達，我就可以找到一段大家都還沒起床、也沒有人在走路的時間。

晚上十一點三十五分　嗯，我想是幾乎沒有人啦。

晚上十一點四十一分　我需要對的人在對的時間點出現。但還不只這樣。

晚上十一點四十二分　我需要一個單純的人。我需要一個孤立、落單、迷失、困惑，還有——這才是最重要的一點，丹尼爾——充滿希望的人。我沒有拿槍對著她。我沒有威脅她，我只是在她旁邊停下車，打開車門，提議載她一程，然後……她就上車了。

晚上十一點四十三分　因為她相信。她相信這世界上有好人。她在找的就是這個，就算她還沒有意識到。這就是她當時這麼棒、現在又這麼完美的原因：她會聽。我們只是需要一個會聽的人。

晚上十一點四十四分　所以現在我在聽你說。你也在聽我說。你在聽我說，對吧？

flagpolesitta1993

晚上十一點四十五分　是的

晚上十一點四十五分　我懂

晚上十一點四十五分　但我還是不理解你的遊戲。

晚上十一點四十六分　我和警察談過了。

晚上十一點四十六分　他說你滿嘴屁話。

晚上十一點四十六分　他說你常常打給他們，說你做了一些你沒有做的事。

aichinisnear2011

晚上十一點四十七分　我還在想你的語調什麼時候開始變了呢。就是從你跟警察談過之後。

晚上十一點四十七分 我還以為你懂的。

晚上十一點四十七分 但你不懂。你什麼都不懂。

晚上十一點四十七分 那傢伙不願意花一分鐘來了解我。他只是個蠢蛋。

晚上十一點四十七分 他今晚又當了一次蠢蛋，你知道嗎。

晚上十一點四十八分 他來我家了。

晚上十一點四十八分 幾小時前。

晚上十一點四十八分 他和他的搭擋其實很有可能會殺得我措手不及，在愛欽大搜索的過程中，突然莫名其妙地出現在我家。

晚上十一點四十八分 但這也不是莫名其妙的出現。你警告過我了。在你的最後一封郵件裡。你警告過我，說你和他們談過了。看來你又把他們送到我這裡來了。但我準備好了。

晚上十一點四十八分 愛欽安全地待在視線之外。我告訴他們，我只是在網路上惡整某個孩子而已，我很抱歉。他們叫我住手，說下次我再搞這齣，就要把我逮捕歸案了。

晚上十一點四十八分 他們什麼都不知道。他們從來不知道。有夠蠢的。

晚上十一點四十八分 他就是問題，丹尼爾。像他那種男人。因為他魁武高大，又穿著制服，他就可以隨心所欲。

晚上十一點四十八分 但他什麼都不知道。

晚上十一點四十九分 老實說，我對你很失望。

晚上十一點四十九分　我覺得你可能完全不懂。

那封中文郵件現在感覺完全不像玩笑了。這一切的感覺都他媽的太真實了。

flagpolesitta1993

晚上十一點五十分　所以你想要怎麼樣？

晚上十一點五十分　不管你有沒有真的帶走她，你想要我怎麼樣？

aichinisnear2011

晚上十一點五十分　我以為你有在聽。

晚上十一點五十分　我以為你是我的朋友。

晚上十一點五十分　但你就和其他人一樣沒有在聽。

晚上十一點五十分　和她不一樣。

晚上十一點五十分　她會聽。你只是和其他人一樣。你只想到你自己。

汗水流下我的脖子。我開始緩緩在輪椅中下滑，低得幾乎看不到螢幕了。

flagpolesitta1993

晚上十一點五十二分　她還好嗎？

aichinisnear2011

晚上十一點五十二分　噢，她就在我旁邊啊。哈囉，愛欽。說哈囉啊。

晚上十一點五十二分　她也許還沒完全了解這一切。資訊量太大了，對我們兩個人來說都是。老實說，當我發現她寫了一封小郵件給你的時候，我們不得不嚴肅地談一談。

晚上十一點五十二分　我去上個廁所，電腦沒關，就發生這種事。她也是很機智。

晚上十一點五十二分　我們已經解決這件事了。

晚上十一點五十二分　現在我們有共識了。

晚上十一點五十二分　等到她完全冷靜下來，等到她告訴這些人她想要和我在一起，告訴他們一開始技術上來說算是「綁架」的事，其實更像是討喜的初次見面時，這些人就會覺得自己非常蠢了。這會變成我們的小故事！她會告訴他們，她現在就在自己命中所屬的地方。

晚上十一點五十二分　她會說她找到了她的定位。我也找到了我的。

flagpolesitta1993

晚上十一點五十二分　如果她真的想要留下，你就應該告訴她，她可以離開。

晚上十一點五十三分　她能離開嗎？

晚上十一點五十三分　不行啊。

aichinisnear2011

晚上十一點五十六分　有一件事你沒搞清楚，小丹。是你把我變成這樣的。

晚上十一點五十六分　我一開始還不太確定這麼做的目的。我喜歡和她說話，但她上了我的車，然後來到我的家，我要她留下，她想要離開，但我還不想讓她離開。如果她再也不回來呢？如果她和其他人一樣說謊怎麼辦？

晚上十一點五十七分　但重點是，多虧了你，現在我懂了，這一切都是一個更龐大的故事的一部分。她上了我的車。她待在我的地下室。我認識了你這位和我一樣的邊緣人、流浪者。是你幫助我了解，我不孤單。還有人和我有一樣的感覺，有人和我一樣迷失。我想你是有點困惑吧。我覺得警察迷惑了你。這還是一件我們可以分享的事。

晚上十一點五十八分　而且還有希望。而且我們相信最後的結局都是好的。

晚上十一點五十八分　我只是需要一點時間。我也需要你別擋我的路。

晚上十一點五十八分　你只是一個坐在前廊上無所事事的人。

晚上十一點五十八分　對，我看過你了。我現在知道你是誰了。你的注意力都太集中在自己身上，而你沒有注意到我這段時間一直都在觀察你。你很好找。你覺得我會沒辦法找到你嗎？你的社區裡其實沒幾間房子。而且也不是每間房子都住著整天待在家裡的人。

我用盡自己僅剩的力量，讓自己在輪椅中坐挺起來。

flagpolesitta1993

晚上十一點五十八分　什麼

晚上十一點五十八分　什麼

晚上十一點五十八分　你瘋了。

晚上十一點五十八分　你只是個變態

晚上十一點五十八分　我不想成為你病態計畫中的一部分

晚上十一點五十八分　我只想看你進監獄。

晚上十一點五十八分　但首先，我要給你一個教訓

aichinisnear2011

晚上十一點五十八分　不，你不會。你沒辦法教訓任何人。

晚上十一點五十九分　因為你甚至沒辦法離開那張輪椅。

我聽到一聲巨大的喀啦聲，一陣強烈的白光閃爍，然後我摔倒在地。

星期一

49.

我爸在我認得他之前就離開了。我甚至不生氣。我不夠認識他，所以我不會想他，我甚至不知道我該想念什麼。那個人很快就意識到，要應付我這個孩子帶來的一切繁瑣工作，他是撐不了太久的，所以他就落跑了。就算他現在坐在我正前方，我也認不出他。他是個懦夫，但你知道的，大部分的人都是。我說的話，你也早就已經知道了。

我媽從來不說他的壞話，因為她從來不提他。她的策略是把他隱藏起來，不讓我接近，甚至不要提起他，就像你不會提起某個在南達科塔的學校老師，因為你從來沒聽過他，或者某一個挪威的兒童特別節目，就算你想看也沒辦法的那種。談論他會賦予他一股他不配得到的力量。他只是某個人罷了。她看起來甚至不會對他感到好奇，所以我也不會。

幾年前，直到夠安全後，直到確定我沒事，也不會開始尋找他之類的之後，我終於問媽關於他的事了。我只是有點好奇，就像你好奇在你出生前爸媽是什麼樣子的那種感覺——我有點在意，但也不是太強烈的衝動什麼的。她說她完全不知道他在哪裡，最後一次聽說時，他正在北加州的某處賣手機，但那是二十年前了，現在他搞不好都已經登陸月球了。

「我真的沒有時間擔心你爸。」她告訴我。「我忙著幫我媽哀悼呢。」

在我的診斷出來三個月、我爸離開兩個月後，我的外婆羅絲瑪麗．維特索．蘭姆正在和她最好的朋友伊莉莎白一起摘花。羅絲瑪麗當時才剛成為寡婦——她的第二任丈夫奧提斯，在經歷冗長而痛苦的病程後，死於攝護腺癌，這疾病使羅絲瑪麗不得不辭去工作、在他人生的最後十年裡全職照顧他。她曾是俄亥俄州還算成功的房地產銷售員，但當奧提斯病得無法工作、又病到無法離開家門時，她便辭去工作，成為他的全職看護。這很殘酷，我媽說，那間空蕩蕩的可憐屋子裡什麼都沒有，只有一個男人緩慢而痛苦地死亡，這個愛著他的女人並沒有義務花整整十年為他清理便盆、處理膿包，並聽他痛苦的呻吟，但她卻肅穆地等著他。我媽說這太難承受了——所以她整整三年沒有去拜訪羅絲瑪麗。「我覺得好羞愧。」她邊說邊開始哭。「你出生時，我甚至沒有帶你去看她。那裡太可怕了。」

在我出生不久後，奧提斯終於死了。媽說在喪禮過後，羅絲瑪麗立刻就又盛開成她印象中的模樣：充滿幻想、天真爛漫、對這世界充滿了貪婪的好奇心。不再需要照料將死的丈夫後，她再度回到自己的人生裡。她計畫要賣掉房子，還要搭郵輪去阿拉斯加，也許還要去看看倫敦；她一直都想去看看倫敦，但她從來沒有離開過美國。顯然她在我父親離開後就立刻來到伊利諾州，和我們住在一起一個月，享受她的新孫子和女兒的陪伴，一邊計畫她所有的旅行，想著她現在終於有機會享受人生之後，她究竟要拿它來做什麼。「我想念奧提斯。」媽說羅絲瑪麗是這麼跟她說的。「但我很高興這一切結束了。」她回到了俄亥俄。那年夏天，我們本來要一起去拜訪她的。

那是一個涼爽、舒適的四月午後，羅絲瑪麗和伊莉莎白每週都會去造訪她們朋友的花園，位於橋另一邊的肯塔基，距離辛辛那提大約二十分鐘的車程。要去那裡，你要離開郊區，進入長而平坦的肯塔基平原，那裡每過好幾公里才出現一個停車標誌，那裡會有限速每小時八十公里的雙線道道路，路名叫做「東四四號公路」之類的。他們有一塊獨立的小土地，位於一條長長的蜿蜒死路盡頭，但距離最近的高速公路還有好幾公里遠，在那裡，你可以隨處遊蕩，賞花、聽鳥鳴，在瘋狂的世界中尋找片刻寧靜。

伊莉莎白後來告訴我媽，羅絲瑪麗正沉浸於思緒中，走過街道，要走去一座突然毫無預警地開了水仙的新花園，消失在她的小世界裡，那裡只屬於她。她們沒有看到卡車從彎道上開過來，在一切都太遲以前，駕駛也沒有看到她。他當時超速了。她正站在路中央。通常那裡方圓數公里內都沒有什麼人。伊莉莎白說羅絲瑪麗被車撞時，臉是背對她的。她不知道羅絲瑪麗在微笑、難過或是盼望，或者只是不作他想地走著每天都在走的道路，只是在往她想去的地方前進。

伊莉莎白說她看著羅絲瑪麗飛過半空。然後我媽就叫她別說了。

羅絲瑪麗・維特索・蘭姆，年紀五十六歲，一生都在照料他人，當她再也不需要這麼做時，她的生命卻立刻結束了。她被葬在伊利諾州，儘管和我們同住的那一個月是她這輩子在這州停留最久的一次時間。我媽只是說她希望羅絲瑪麗能離她近一點。

我母親剛失去她的丈夫，又失去了母親，幾週前才得知自己的兒子在短暫的一生當中，都會在她面前萎縮、腐朽，這讓她感覺像有好幾架飛機同時降落在她身上。「我這輩子過得很幸運。」她告訴我。「當時我突然意識到自己一直以來過得有多幸福。我的意思是，我從來沒有發生過那麼悲慘的事。爸在我有機會認識他之前就過世了。我沒有任何過世的好朋友。我沒有被攻擊或性侵過，人們也都對我很友善。我對這世界沒有什麼抱怨。在你被迫應付痛苦，那種真正的痛苦之前，你都不會真正認識你自己。我過去的人生現在感覺就像夢幻、模糊的夏日時光，我受人保護、安全無虞，完全不知道這世界是怎麼運作的。因此，我成了更好的人。我知道我不能逃避痛苦，因為沒有人可以。我並不特別。我得像所有人一樣經歷這一切。」

失去媽媽幾乎使她崩潰。至於我父親離開的事，嗯，她一直都懷疑他是個混蛋。而雖然我的診斷結果讓她十分難過，但其實只是讓她更站穩腳步。我需要她的幫助。哪個媽媽會不想幫助自己的孩子？我給了她重心、目標與決心。我需要她投入心力、膽識與抗爭，我需要連她都不知道自己擁有的堅毅與力量。肌肉萎縮症以及這個病症從我身上剝奪的一切，給了她一個戰鬥的敵人，一個她可以投入所有力氣與專注力的目標。我給了她一個動機。

但失去羅絲瑪麗這件事就沒有任何可以努力的目標了。這就只是失去，單純的失去。那是她愛的人、她需要的人，她後悔沒有當個更好的女兒，她希望羅絲瑪麗能過更好的人生——她才剛開始成為自己原本應該成為的人，人生卻就這樣硬生生被剝奪……她前一天還在這裡，隔天卻已經不在了。

我媽發現，悲傷不是一個有辦法解決的問題，不是一顆可以鎖緊的螺絲，不是一道你可以解開的數學題，也不是一個你可以安撫痛苦的孩子。它就這樣停留在你心底深處，動也不動。它有時候會膨脹，有時候會萎縮，但它一直、一直都在那裡。

這是最難熬的部分，她說，比過去或未來的任何事都還難熬。傷痛不會離開。它成為你的一部分。你要不是學著與它共存，要不就是死路一條。

你可以應付一個能研究和打擊的疾病。你可以應付一個你假裝從來沒存在過的前夫。這些問題的輪廓十分清晰，有著簡單明瞭的細節，你可以把它們保留到你覺得可以處理之後再來面對，而且這些問題都小得能讓你抱在懷裡。

但悲傷就只是停留在那裡。

＊

我最常回想起來的部分，是我媽說她一直都覺得自己很幸運，直到她媽媽過世為止。她在這世界上漫步，輕鬆愉快，認為人生是個令人快樂的沙坑，可以在裡面愉快地玩耍，然後現實就給了她一記迎頭痛擊，她的人生再也不同以往了。她還是可以體驗喜悅，也還是可以擁抱人生。她現在所有的旅行，那些在異國展開，還有不同旅伴在視訊通話的背景裡徘徊的旅程，都是對羅絲瑪麗的回應——她正是希望母親能有機會這樣過活，這是她紀念她的方式。（我猜飯店的按摩服務應該也很不錯啦。）

但新生活緊接而來。你意識到生命等於痛苦，你愛的一切都有可能、最終也都會離你而去，唯一繼續走下去的方法，就是接受這股巨大、黑暗的悲傷會永遠待在你心底——而且再也不會好轉。

這讓我意識到我很幸運。現在就很幸運。

截至此時此刻，我人生中還沒有失去過任何一個人。沒有失去我媽、崔維斯，甚至金姆。也沒有失去瑪扎妮。而我深受祝福。我深受祝福，因為我會在他們離開前早一步離開。我不會需要為他們哀悼，因為他們得替我哀悼。

我知道這樣很自私，我愛的人會想念我，因此他們都得經歷我永遠沒有機會體驗的痛苦。但我不能否認這是事實。

從這個角度來看，我是最幸運的人。我可以先走。我可以在悲傷成為永久房客前離開。我得以在這個世界上奔騰躍進，卻又幸運地不用承受說再見的痛苦。這屬於他們。在我死去時，他們會為我哀悼，而我為他們難過。但我很高興我不需要經歷這些。我很幸運。我很幸運，能在悲傷進駐前離開。我很幸運，我能獨自離開。我很幸運。我很幸運。

我真的、真的好幸運。

50.

我強迫自己睜開眼睛。我躺在地上，從輪椅中摔了出來。我的上衣破損、潮濕。我看見一雙有著黃鉛鞋尖的靴子。從這麼近的距離來看，它們看起來更尖銳了。我抬起頭。

喬納森穿得全身漆黑。沒有戴亞特蘭大鶇鳥隊的帽子。他的鬍子刮得乾乾淨淨，但這造型實在不適合他；他真的應該留鬍子，遮住他的短下巴。他拿著一支小手電筒。他彎下身，將光線對著我的臉。

他笑了起來。「跟三次元的你比起來，你在網路上比較是個可敬的對手。你的屋子很好找，但我一直到昨天才知道你是……這樣。這世界真是充滿了一系列的驚喜啊。」他把燈關掉，我再度失去意識。

51.

我不知道過了多久，但我還躺在地上。我房裡的燈光全開，而現在廚房的燈也亮了。我想我聞到了煎培根的味道？也許我心臟病發了。他們都說你心臟病發作的時候，會聞到各種奇怪的味道。還是那是中風？我不記得了。

我現在看起來大概像所有的身體器官都被拿來洗牌，再隨意攤開在地上。我花了幾秒鐘才意識到，那團躺在我面前幾十公分遠，看起來像咬爛的口香糖一樣的東西，其實是我的左腳。我的頭髮濕得能滴出水，這可能出自於各種原因，但沒有一種是好的。我睜不開左眼。每次呼吸時，我都看到一團團的灰塵在我的鼻子附近跳動，而我認真不知道我的左手臂在哪裡。

一股隱隱約約、令人不安的氣體開始在我的胸口蠢蠢欲動。我認得這種感覺。剛才這一團混亂讓我肺裡的一點黏液鬆動了，一旦我坐起身，它就會一直在我的胸腔裡震盪。我不知道要怎麼樣把它弄出來。

這個狀況不太理想。

我聽見廚房裡傳來摸索的聲音。有那麼短短一瞬間，我覺得這一切也許都是我想像出來的。其中一個夜間看護昨晚送我上床時沒有把我固定好。我只是從床上摔下來了。瑪扎妮就快到了。她看到我的時候一定會放聲大叫。她會把我清洗乾淨。然後她會大笑。我們會一起吃早餐。我會問她為什麼要煎培根。她知道我不能吃培根。她會說：「今天感覺就是培根日啊！」我會大笑，雖然我其實也不懂。這只是雅典市另一個美妙的日子而已。

我閉上眼。然後砰的一聲，我的肚子一陣劇痛，喬納森——顯然他還端著一盤培根——踢了我一腳。很用力。我尖叫出聲，然後翻向側面，我的肋骨發出有點像用拳頭壓碎小餅乾的聲音。疼痛的感覺無法言喻。

「該起床了，丹尼爾！」喬納森大喊。「我們終於可以好好認識一下了。」空氣正從我身體的每一寸緩緩流逝，我的全身因為各種原因，或多或少都有些血液循環不良，這代表我現在就像一顆正在緩緩洩氣的氣球。我覺得我好像被洩漏的空氣推動，微微地在地面上滑動著。

這絕對是我這輩子體驗過最可怕的痛楚，你就知道有多糟了。喬納森單膝跪下，嚴肅地看著我，手中仍端著那盤愚蠢的培根，他靠近我的臉。「你得起來，丹尼爾。」他說。「在這種狀況下，要跟你進行任何一點對話實在太困難了。」

他終於把盤子放在客廳裡，然後試著再度把我抱起來。他不太會。他用左手臂抵住我已經斷裂的肋骨，然後心不在焉地用右手肘撞上我的臉。我體內僅剩的一點空氣從喉頭冒出，我發出一聲悲傷的哀號。

「靠，要怎麼樣才好啊？」他說。「這比我想像的要難多了耶。你一定有很多人幫忙吧，丹尼爾！」他躺平在地上，把鼻子湊到我的臉面前。他的臉蒼白而無精打采，臉頰泛紅，看起來很愚蠢，還有他的短下巴。他的口臭聞起來簡直像屍體。「你通常都怎麼自己爬起來啊，老兄？」

他瞪視著我整整十秒鐘。最讓我心神不寧的是，他看起來就和我每天在校園裡看到的每個碩士生和博士生一樣。他看起來並不瘋狂。他沒有口吐白沫。他的眼球上也沒有卍字記號。他看起來一點也不可怕。真要說的話，他似乎對於自己出現在這裡有點不安，甚至有點害怕。

「你也不會說話？拜託喔。」他再度站起身。「好吧，我們再試一次。」他彎下身，而我準備好再次尖叫。

接著我聽見廚房傳來急促的腳步聲。我看見頭頂上一片模糊，接著聽見一聲尖叫，然後是悶哼、喘息與低吼，然後撞上我左邊的書櫃。書櫃倒了下來。書架上一個馬克杯和書本一起摔落到我身上，那是個中伊利諾大學黑豹隊的馬克杯，是我媽買給我帶著紀念老家的。喬納森或另一個不知道什麼人撲向我，然後，又來了，我再度失去意識……

52.

泰瑞！那是另一個夜間看護的名字！我就知道我遲早會想起來。

泰瑞在我身邊。他知道要怎麼把我抱起來。

「那傢伙他媽的是誰啊？」泰瑞說道。他的脖子上有一個刺青，襯衫口袋裡還有一包菸。他扶起倒在一片混亂中的輪椅，然後拿一條布擦了擦我的額頭。我看著那塊布——對，上面有血。「我過來值我的班，然後……靠。你認識那個人嗎？」我想泰瑞忘了我沒辦法說話，他在這裡工作的時間也還沒久到我能用眼神和他溝通。他看著我，嘆了口氣，低哼了一聲，然後說：「我們讓你坐回輪椅上吧。」

我開始喘著氣，驚恐不已。「沒關係的，老兄。我知道他把你打了一頓。」他說。「我會輕一點的。但你得從地上起來。」

他非常溫柔。他輕撫著我的頭，用左手按摩我的後頸，右手則伸到我的膝蓋下方。這痛得像酷刑，但至少讓我的身體回到正位了——我至少變回一開始的樣子。他抬起我時，我感覺得到我胸口的骨頭像餅乾一樣碎裂，而更多空氣從我身上的每一個毛孔和縫隙流失，但是，我現在不是躺在地上了。他把我放進輪椅裡，在他幫我繫上安全帶時，我呻吟了起來。他把我推進廚房裡。

「所以，丹尼爾，到底發生了什麼事啊？」他的眼神帶著一種瘋狂的神色。今晚的事可不在他原本的工作範圍內。「那傢伙是怎麼進來的？」他站起身，開始四處踱步，試著梳理剛才發生的事。

「我遲到了幾分鐘，進來屋子裡，燈都是亮的，我就想：『對，是有點奇怪，但管他的。』然後我看到一個人在煮飯？然後他走進來這裡，你倒在地上，他就想把你扶起來？我們過招了一下，然後我打了他一拳，他就跑了。那傢伙是誰啊？我是說，搞屁啊？」

我試著在輪椅裡和他眼神接觸。

〔**報警。**〕

報警。

〔**電話就在牆上。**〕

報警。

〔**打一一九。**〕

打一一九。

我試著讓眼神在他和電話之間移動，但我動得很慢，因為我全身都好痛、好痛。

〔**我們需要幫助。**〕

打一一九。

他沒抓到我的暗示。

「他不是你的朋友，對吧？我遇過你那個朋友一次，他才不是這樣的人。為什麼會有人大半夜在這裡啊？他還把你打倒了？搞屁啊？」他停止踱步，不安地抬眼看著天花板。我感同身受。

然後我看見了喬納森。他一定是趁泰瑞把我放回輪椅上時從前門跑進來了。他從泰瑞身後溜了過來，右手抓著某樣東西。我試著尖叫，想要提醒泰瑞，但只能從鼻孔吐出一絲可悲而疲軟的氣息，什麼聲音都發不出來。我比平常還要沒用。

「老天，我們得報警。」泰瑞有點太晚才想到，幫不了我或他自己了。他向右轉要去打電話，正好碰上喬納森用一根鋁製球棒正中他的臉，我什麼都做不了。他向後摔倒，後腦勺撞上廚房的桌子。喬納森跨站在他身上，又打了他一下，然後又一下。第三下之後，泰瑞就再也沒發出聲音了。但喬納森又打了他一次。喬納森的臉現在看起來沒那麼無精打采了。他看起來也沒那麼正常了。他看起來……很平靜。

53.

我把油門催到底。我看見喬納森著魔般的模樣，看著他瞇起的雙眼、擴張的鼻孔，還有伴隨著每一下球棒揮舞時額頭浮現的血管，當他用球棒痛擊泰瑞的腦袋時，我看著這一切。這真的很可怕，也清楚說明了——現在這狀況真實到不能再真實了，我得逃離這裡，現在就要。泰瑞這輩子做的最後一件事，也許就是把我放進輪椅裡了，而我的責任就是確保這個舉動救了我的命。

所以，在喬納森打第三下和第四下之間、沒看我的空檔，我把輪椅上的油門向前壓到底，以最短路徑穿過廚房，朝前門駛去。光是這個簡單的動作，就讓我身上的每一寸神經都像火在燒。但不這樣做，就只能等著迎接球棒了。

我撞上廚房的其中一張椅子，在油布地毯上發出一陣尖銳的聲響，讓喬納森從著魔中恢復過來。他轉過身。他不太冷靜。「你以為你要去哪裡啊？」他吼道。我只有大約一秒鐘的時間讓自己成功逃跑。

但是，我的輪椅勾到了冰箱的粗電線，突然間，我就動也動不了了。我在那裡坐了不知道是一毫秒還是五百毫秒，轉著輪椅的輪子，被冰箱電線困住了，而喬納森正繞過桌子朝我撲來。

我用盡全身每一絲力量，用力壓著油門。

快啊。快啊。

然後又是一聲尖嘯。我使勁一拉，冰箱被我從牆上扯鬆，正好倒在喬納森和我的輪椅之間。我的輪子擺脫了電線，他則被困在冰箱後方。我聽見他在我身後大叫，不是想殺人的那種憤怒，而是挫折，是自怨自艾的那種悲哀情緒。但我已經駛出大門，衝下斜坡，來到農業街上。

外面一片漆黑。街道上一個人都沒有，也沒有人開燈。我以為我家發生的騷動會驚醒一些人，但顯然沒有。只有我穿著睡衣，全身血跡斑斑，坐在輪椅上，往和我家相反的方向駛去，因為我家躺著一個可能已經死掉的男人、一個全州都在尋找的瘋子，還有一台擋在廚房中央的冰箱。

我確認了一下，固定在輪椅上的手機還能用。我撥了崔維斯的號碼。

「嗯嗯嗯嗯嗯——」轉入語音信箱時，我這麼說道。

然後我聽見我家大門打開的聲音，我右轉駛上農業街，然後用我最快的速度前進，逃得遠遠的，逃離那一切。我聽見一聲短暫的尖叫，然後聲音就淡去了，我駛得越遠，能聽見的聲音也越少。這只讓我想跑得更快一點。

54.

我從來沒有撞壞輪椅過。我滿自豪的。我的輪椅是工業等級，是一輛坦克，它的輪胎厚度比我的手腕還寬。如果你在街上遇到我，不用擔心我，只要擔心你自己就好了。我會直接從你身上碾過去。

我不知道自己要去哪裡。崔維斯現在不知道在哪裡閒晃，瑪扎妮的家又遠在溫特維爾，距離這裡有三十公里遠，而學校大樓也不會在星期一的凌晨三點開門。我可以去敲鄰居家的門，但沒有人的前廊能讓輪椅駛上去，我也沒辦法真的做出敲門的動作。我已經逃離了我家、遠離喬納森，這就已經是個勝利了。那個狀況的結局原本可不會太好。但現在，我該怎麼辦？

我來到農業街的盡頭，駛上卡屯街。我停下來，思考了一下。史第格曼體育館就在我左手邊幾個路口的地方。也許那裡會有保全？或是警察？最近的警察局在市中心，雖然不是太遠，但現在外面一片漆黑，路途會特別危險。最近的醫院則比警察局還遠。我再度打給崔維斯。毫無回應。

我又在那裡坐了一會。這是我今晚醒來之後第一次慢下來，也讓我有機會好好審視我的生理狀況。我的呼吸短促、沙沙作響；我胸口被壓碎的部分裂成了更小的碎片，正在胸腔裡危險地四處飄移。而且，幸好這裡一片黑暗，因為我很確定我睡衣剩下的部分都沾滿了血。

看看我。看看我，硬漢先生，「我可以照顧自己」先生，「別擔心，媽，我希望你能去過自己的生活，不用一直照顧我」先生，「崔維斯和我沒問題的」先生。看看我現在的樣子。現在是大半夜，泰瑞很有可能死在我家裡了，而我自己一個人坐在大街上，很有可能隨時停止呼吸，但這好像也沒什麼關係了，因為我很確定我的肋骨碎了，頭骨也裂了。就算我成功撐過這起意外，這些傷害也永遠不會好了。

這很嚴重。在一個瘋子衝進我家、把我踢爆之前，我就已經命懸一線了。如果你是我，你會做好心理準備，迎接接下來可能發生的事和一定會發生的事。你已經學會珍惜每一刻，因為人生苦短，但對你來說又是不尋常地短。你得吸收這一切，享受這一切，擁抱這一切，因為你的人生會比別人更早失去這一切。所以你得做好準備。你得接受它。

但現在是面對真理的時刻，是最後、最糟的那一瞬間，而我意識到，我還沒準備好。我不知道這是否就是結局了。我不知道我還剩下多少時間。但現在死亡就在我正前方，我也不會自欺欺人——我還沒準備好。我想繼續活下去。我想活很長一段時間。我想看崔維斯和那女孩會不會修成正果，或者他會不會搞砸。我想看瑪扎妮能不能擺脫這永無止境的無限勞動，也許我還能幫她一些忙。我想要有一天能在那個該死的遊戲裡擊敗陶德。我想看到金姆孩子們的照片，如果她有一天真的生了孩子，他們一定會很可愛。我想看誰贏得下一次的選舉（我猜啦）。我想看喬治亞大學拿到全國冠軍。我想知道D.B.[33]庫柏最後去了哪裡。我想看葛倫・克蘿絲[34]最後會不會拿到奧斯卡金像獎。

我想見我媽媽。**我想見我媽媽**。我想繼續活下去。我想留在這裡。

我從來沒有像此時此刻這麼渴望這一切。你永遠都不會準備好。誰有辦法準備好呢？

我還活著。勉強活著。但是——我還活著。

醫院。我得去醫院。未來要發生的一切都得從那裡開始。在我把自己處理好之前，我什麼都不能做。你得先讓自己獲得足夠的氧氣，才能幫助別人。我得先戴上我自己的面罩。

我左轉上了卡屯街。如果我可以抵達郎普金路，我就可以左轉上巴克斯特路，然後抵達聖瑪莉醫院的急診室。我幾天前才去過。如果我到得了醫院，我們就能來討論其他的事。

這是個計畫。

我正駛在史第格曼街上，人行道路況還算不錯，而在這時，我聽到一聲喇叭響起。

33 D. B. Cooper，美國一起劫機案的嫌犯，真實身分至今不明。他於一九七一年挾持一架飛往西雅圖的飛機，取得二十萬美元贖金，然後用降落傘跳下飛機脫逃。

34 美國知名女演員，曾八度入圍奧斯卡未獲獎。

55.

那當然是喬納森。他開著那輛大黃蜂。我的速度很快，但可快不過大黃蜂。他慢下車速，開在我身邊。凌晨寒冷無風。他正微笑著。他看起來很快樂。他身上散發著某種光芒，看起來好像終於知道自己是誰了。

「嗨，兄弟。」他說。「需要搭便車嗎？」

他催起油門，在我面前的人行道上停下。為什麼這時間一個人都沒有啊？我把控制桿往後拉，緊急剎車，然後開始倒車。喬納森跳下車，朝我這裡飛奔而來。我用最快的速度向後行駛，臉頰因搖晃而刺痛，我的心臟把碎裂的肋骨推散在整個胸腔中。

然後我用力地直直撞上一根路標。這台輪椅真的很需要倒車螢幕耶。

我的輪椅向一旁歪斜，我摔倒在卡屯街的柏油路上。一聲脆響，當我睜開眼時，兩顆牙齒就躺在我面前的水泥地上。這兩個和我一起生活了一輩子的小碎片，落在這個世界上，成為另外兩塊掉在地上的垃圾。我看著它們。它們比我想像的要大。我們合作愉快呀，男孩們。

喬納森的靴子逐漸逼近。在車頭燈光的照射下，他看起來像個外星人，在暗影中扭曲，身形無限龐大。他現在要來接E.T.回家了。

「你真是個堅持的傢伙，丹尼爾。我不得不誇獎你。」喬納森站在卡屯街上，再度彎下身，看著我的雙眼。他的臉上有一圈血跡，不知道是誰的，也許是他的，也許是泰瑞的，也許是我的，看起來他急著想把臉上的血抹掉，但是太趕了，所以只把血從眼睛上推開。

「你知道最扯的是什麼嗎，老兄？」他的眉毛挑得飛上他的額頭。他看起來像準備要咬斷一隻蝙蝠的頭了[35]。他對著我的耳邊嘶聲說：「我到這裡來之後，才知道我到底要做什麼。你知道，在這之前，我這輩子從來沒動手打過一個人。我不知道這感覺有這麼……好。感覺真的很好！我現在終於懂為什麼人都會一直打人了。」他頓了頓。「很抱歉這對象是你。真的很抱歉。但我發現你和其他人一樣，什麼都不懂。我覺得你從來沒有懂過。」

他在我眼前把手肘靠在翻倒的輪椅輪子上。

「你這台輪椅滿強悍的，我很驚艷。」

他抓起我的左手。

「我不得不說，這台輪椅能做的事真的很了不起。」他邊說，面孔邊扭曲成一個竊笑。

「而你只需要這幾隻小手指來操控它就可以了，是吧？」

他的右手放在我的控制桿上，像在玩電動的搖桿般把玩著。他輕笑起來。「咻，咻。」

然後他直視著我。

35 搖滾、重金屬樂手、人稱「黑暗王子」及「重金屬音樂教父」的 Ozzy Osbourne 曾在演唱會現場咬掉一隻蝙蝠的頭，震驚樂壇。

「你只需要這幾隻小手指，就能跑得這麼快。」他說。「還有什麼是現代科技辦不到的？」

然後他用力一捏，我再度尖叫起來。這是我這輩子發出最大聲的尖叫。也許我比自己想像的還保有更多力量。

「不過，也許現在這樣就更難駕駛囉。」他說。

56.

如果我晚十年出生，我可能還真有點機會。你絕不會相信，光是在過去十年之間，肌肉萎縮症的治療就進步了多少。現在的父母已經不用面對我媽當時面對的死刑宣言了——你面帶微笑、四處躁動的幼兒也許活不過二十幾歲。記得那個冰桶挑戰嗎？我們討論過冰桶挑戰的。全球數百萬人都在頭上倒冰水，然後在社群網站上貼自己的挑戰影片。就連美國總統都有參與！

我知道迷因很蠢、很浪費時間，但值得一提的是，這愚蠢的小活動還真有一點助益。冰桶挑戰是在支持對抗漸凍症，或者說是路．蓋里格氏病。就像我們之前說過的，肌肉萎縮症有點像小孩子的漸凍症；他們在二〇一二年時發現，在分子層級上，這兩種疾病有著一絲基因連結。這代表，在二〇一四年，冰桶挑戰在八週內募到的一億一千五百萬美金和得到的關注，最後也幫助到了肌肉萎縮症患者。因此，在二〇一四年之後，肌肉萎縮症的治療就有了戲劇化的進展，尤其是嬰兒的治療。在過去幾年裡，他們發展出一種叫做脊瑞拉注射液的藥物，這改變了整個局面。當我父母發現我沒辦法翻身、也沒辦法用雙腿支撐我的體重時，他們帶我去看醫生，而醫生說：「對，他得了這個你沒聽過的病，他永遠也沒辦法走路，然後等他進入青春期，他就會死。現在，請在這裡簽名。」對，我和你說過了。

嗯，現在你可以幫孩子施打脊瑞拉注射液了。你只需要把這個藥打進他們的腦脊液裡就好了。（簡單。）在某些臨床試驗中，它甚至完全停止了疾病的進展，而大部分的孩子也都在幾個月內發現他們的運動功能有了進步。這有一些副作用，大部分和呼吸問題有關（我們總是有呼吸問題），而且沒有人知道這種藥有什麼長期延伸影響。但是沒有哪種長期延伸影響比「二十幾歲就過世」更糟了。現在的孩子有了希望。他們的父母不必再承受孩子過了二十歲就可能去世的風險，而且那是在運氣不好的情況下才會發生。他們得到了最低限度的事物——他們得到了機會。

我沒有特別哀怨自己太晚碰上這種機會。我為他們開心呀！而且話說回來，脊瑞拉注射液也沒有突然讓他們的人生變得更容易之類的。這種注射液給他們的是一絲希望，這樣一來，也許未來的某天，他們會有個外線投籃的機會，讓他們能夠過上稍微像正常人生的生活。脊瑞拉注射液也有自己的問題，例如，第一型或第二型等最嚴重的肌肉萎縮症患者才能用這種藥，而且每一劑都要價十二萬五千元美金。你第一年要注射五劑，接下來每年要注射三劑，這代表你在人生最開始的十年內得花四百萬美金，才能得到一絲可能活下去的機會。你以為我媽養育我長大就已經夠困難了嗎？現在想像一下，如果你得爭取四百萬美元的注射劑，你的保險金額會是什麼樣子。

說了這麼多，我並不會想改變任何事。我很高興他們有了進展。我很高興他們現在知道更多了。我很高興肌肉萎縮症已經不再是徹底的死刑宣判。我很高興一群人在頭頂上倒冰水、再貼在ＩＧ上的舉動，真的能為這世界帶來改變。現在才過了幾年，你已經不會再看到冰桶挑戰了。我們再也不信任也不相信網路上的任何東西了。我很高興那發生在還有可能產生意義的最後一刻。事情似乎沒有變得更好，但有時候還是有的，是真的有。

但我的人生就是我的。我有機會活出盡可能接近「正常」的人生。這可不是一件小事。我會去爭取。我也爭取了。

但是，對。

如果你知道你會在知道「死亡」與「年輕」是什麼之前就英年早逝，你的特質組合會很有趣。你會變得無比小心（如果現在就發生呢？），又莽撞到愚蠢的地步（如果明天就發生呢？）。我這一輩子都眼睜睜看著死亡近在咫尺，它沉默地觀察著我，好整以暇，隨時都能愉快地將我帶走。我得好好利用我擁有的少數時間。對我來說，這代表我會冒許多險，像是搬來雅典，遠離我媽和我所知道的一切。

如果我不是一直都知道我快死了，不知道現在我的人生會變成什麼樣子。不知道我現在會不會坐在這張輪椅裡，身處於喬治亞州，在大半夜裡全身骨頭扭曲，讓一個瘋子推著我走過街道，還一邊聽他嘟囔這個「畸形兒」也未免太重了吧。沒有人知道我在哪裡，沒有人可以幫助我。我想是我讓自己陷入這個境地的，因為我同時感到既脆弱又像永生不死。我和死亡已經過招很久了。而我到現在還活著。因為我總是感覺結局就在下個街角等著我。

別批判我。它也在下個街角等你呢。

57.

「我對這一切真的很抱歉，丹尼爾。」他說。「愛欽會對我很失望的。她說她喜歡你。不過她沒有告訴我輪椅的事。我們之後可能要聊聊這件事。」

他深吸一口氣。「啊……現在我們可以來吃培根了。」

喬納森又在煎培根了。現在是凌晨四點。他用的是我的廚房。他把我推回家，整路都在喘氣和咒罵，因為我打開了緊急煞車，而他不知道怎麼關掉。他推著我上斜坡，把我帶進家門，把我塞到角落，然後踢了泰瑞一腳，確保他沒有在動（他沒有動，但我覺得我應該有看到他的胸口起伏幾下）。他在水槽把雙手上的血跡洗掉，從地上撿起吃到一半的培根，放了一片在嘴裡，垮下臉，丟進垃圾桶，然後走到我面前，看著我的雙眼，道歉、提到愛欽沒有說輪椅的事，然後他說：「現在我們可以來吃培根了。」

現在我已經不痛了。我想這是個恩賜吧，就像電影《巴西[36]》的結尾，喬納森．普萊斯被折磨時已經承受太多痛苦，於是靈魂出竅，開始幻想自己像英雄般成功逃離，和他所愛的女人逃向遠方。我只是蜷縮在輪椅上，擠在角落，而我所有斷掉的骨頭和缺氧的肺

36　一部英國的反烏托邦科幻電影。

臟，還有讓我的髮尖滴血的原因，現在都已經離我遠去。我很感謝這刻短暫的休息。我看起來一定像滾下了好幾階樓梯，但我很警覺、思緒分明，而且還有一點平靜。而且培根聞起來還是好香。

在光線下，喬納森看起來已經沒那麼瘋狂了。他又變回一開始我認為的那種傻傻碩士生的模樣，看起來有些遲鈍、溫和、完全沒有任何記憶點。有趣的是，他煎培根的時候穿上了瑪扎妮的圍裙。

我的心思四處遊蕩。我媽很愛培根，崔維斯很愛培根，也許就是因為這樣，瑪扎妮才會一直煎培根。我媽是個中西部女孩，她以前總會炸牛肉煙燻腸給我吃。你吃過炸煙燻腸嗎？我知道這有點像垃圾食物，但我們以前會用吐司夾炸煙燻腸做三明治，擠上番茄醬，她給我多少我就吃多少。那是最終極的白人食物：沒有香氣又沒有滋味，但是很暖心。奧斯卡．梅爾肉品的一包煙燻腸有二十片。我以前可以吃一整個星期。我一直都很喜歡以前住的那間老房子。我媽決定辭去中伊利諾大學的工作時，就把那間房子賣了，而當我搬家時，我們就——

喬納森正坐在桌邊，吃著培根，一邊緊盯著牆壁。這一切都是為了什麼？

愛欽。痛感緩緩回來了，讓我感到急切、緊迫。現在這是為了什麼？

我用盡全身的力氣，從體內某個深處發出了一個聲音。

「愛——」

喬納森突然清醒過來。「噢，看看你。」他微笑地說。「你真是了不起，丹尼爾。充滿了驚喜啊。」

他沒有起身，而是把椅子挪向我。他坐在椅子上，把椅子拖過地面，在油布地毯上留下摩擦的痕跡。他在我面前坐下，再度把臉湊到我面前。他看我的眼神，就像我是一個他不知道該不該玩的玩具。

「你想要跟我說什麼，丹尼爾？」

「愛——」我極度痛苦地吸了一口氣。「ㄑㄧ——」我又吸了一口氣。某種液體從我的鼻孔流了下來，而喬納森不算太遲鈍地用衣服袖子替我擦掉。「ㄣ——」

他從椅子上跳了起來，好像他不小心坐到了什麼東西。「丹尼爾！你是在問我愛欽的事嗎？」他朝冰箱走去，仍然用某種近似於敬畏的表情看著我。他拿出一瓶啤酒，那是崔維斯留下來的泰勒瓶淡啤。「你最大的優點就是執著耶。她對你的看法沒錯。你真的很貼心。」

他拿起瓶子，用我的餐桌邊緣打開瓶蓋，在木頭上留下會讓瑪扎妮很不爽的凹痕。他把啤酒倒進一個小酒杯裡，對我舉杯。

「乾杯，丹尼爾。」他說。「敬我唯一可以說話的對象。」

然後他就開始說話了。

這就是我一直想要的。我想知道是不是他。我想知道他為什麼要帶走她。我想知道她在哪裡。我想知道她安不安全。我想知道這一切為什麼會發生。我想知道這一切是不是真的。

喬納森說著。他說個不停，說個不停，說個不停，說個不停。

而我沒辦法聽。疼痛已經結束了休假期，又開始佔據我的身體，而我發現自己不斷昏過去、醒來、昏過去、又再度醒來。我的耳朵開始嗡嗡作響，聲音大得讓我就算全程清醒也聽不出他在說什麼。一切都只是嗡嗡作響的噪音。我完全不知道他在說什麼。我幾乎沒辦法分辨他人還在不在這裡。

這一切都不重要了。也許他說他帶走她是因為他很寂寞，而那是我們的共通點，也許他認為愛欽真的愛他，因為他是個可悲又可憐的男人，沒有任何社交技巧，只會把自己的問題怪罪到別人身上，然後又抓狂，因為他沒辦法應付這個現實世界。也許這是個宏大的計畫。也許這一切都是個意外。我不知道。我幾乎沒有意識了。他怎麼說都不重要了。這一切都完全不重要。唯一重要的是他抓走了她。他現在也抓到我了。

我很確定他沒有注意到。對他來說，我醒著或睡著、活著或死了，看起來都一樣。他只是說個不停，自言自語。一如往常，也許永遠都會是這樣。

我們經歷了這一切才知道事情的真相、才終於知道什麼是真的，而他就坐在我正前方，告訴我整件事的來龍去脈。

我睜不開眼睛。

58.

喬納森用手機輕輕拍了拍我的左臉頰。他終於發現我睡著了。

「如果要說你是個聽眾，你是有點被控制住啦，丹尼爾。」他說。「公平來說，我們一起經歷了那麼多事啊。」

我的雙眼對焦在他身上。我感受到一股力量，疼痛有那麼一瞬間消失了。我突然意識到我真的痛恨這個坐在我面前的混蛋，我想看他被卡車輾過。

「但你會想看看這個的。」

他的手機上播放著畫質粗糙的影片，我沒辦法完全看清楚，但那看起來像某種監視錄影。它就是。它就是監視錄影畫面。我看見一個黑暗的身影，畫質粗糙而模糊，然後身影移動起來，一開始很緩慢，接著變快，從左邊跳到右邊，但卻被控制在畫面中央。畫面沒有聲音，但那個人影正看向天空，不對，是看向攝影機，然後尖叫。我覺得那是尖叫。我猜那是嘴巴，張得好大，張開了好幾秒。看起來就像尖叫。

「你看。」喬納森說。「她很好！她一直都很好！我們是朋友了。她終於喜歡我了。」

我再度昏迷過去。

59.

當我醒來時，喬納森不再說話了。他的注意力已經不在我身上了。他現在什麼事也沒做。他坐在客廳電視機前的椅子上，那是崔維斯平常打電動、偶爾不想開車回家時打盹的地方。有個週末，我想他是為了某個女孩感到憂鬱之類的，他除了去上廁所和打開冰箱之外，大概有六十小時沒有離開那張椅子。

喬納森沒有在打電動或是看什麼節目。他看起來很疲憊。外面還是很黑，但我開始聽見鳥鳴了。我意識到，還要再過好幾個小時，瑪扎妮才會出現。喬納森整晚沒睡。我也整晚沒睡。以他的角度而言，廚房裡躺著一個他殺死的男人，那顯然是他以前從未做過的舉動，而這件事讓他十分掙扎。他只是瞪視著看方。每過幾秒鐘，他就會沉重地眨眨眼睛，有時候會把頭埋進雙手，有時候會把下巴靠在肩膀上，也許是在打瞌睡，然後又會再度驚醒，然後喃喃自語幾句。

我看著他試圖評估這一切。

事情已經失控了。你帶走了愛欽，這是件壞事，是一件非常壞的事。但是你沒有殺她。你把她關在屋子裡，架了一台攝影機觀察她，但如果用你試圖告訴我的一部分資訊來判斷，你沒有打她，也沒有強暴她，或者對她多做什麼事。你只是……**擁有她**。她想搭便車，她上了你的車，你沒有帶她去她想去的地方，你把她帶去你家，然後在你反應過來之前，你就走到這步了，整個南方的人都在找你，她的動向主導了每一個新聞台，整個城鎮都在舉辦大型守夜活動，各式各樣的人聚集起來，試圖找到她、幫助她。都是因為你！你跑出來，想吸收這一切，因為，你怎麼會不想呢？這一切都是因為你做的決定導致。你創造了這個世界！你原本毫不起眼，現在卻不是了。現在你至關重要了。這讓你感到和人產生了連結。這讓你覺得自己很重要。這讓你覺得受人注目。

我把變形的左手放在正確的位置上，好讓我可以說話。我還是可以說話。現在我很痛。但我還是可以說些什麼。

「喬納森。」

他緩緩抬起頭，轉向我的方向。

「現在。還。不算。太晚。」

他對我露出疲憊、哀傷的微笑。「你看，你可以說話嘛。」他說。「真好。我們在這段時間裡應該要聊天的。但我不會讓你愚弄我。我——」他把頭垂到胸口。「——我已經盯上你了。」

他閉上眼，向睡意屈服了。我懂。

他坐在那裡，五分鐘、十分鐘，動也不動。

然後我注意到了。

他的手機。

他的手機就躺在他身邊的椅墊上，崔維斯睡著時也都把手機放在同一個位置。我還能從喬納森的手機上看到愛欽在監視錄影畫面中的身影。我甚至看得出來她也睡著了。

我轉頭望向左邊。我的手腕有些感覺。自從我打了剛剛那句話之後，它就一路抽痛到現在。我還能微微移動它。更準確一點地說，我還可以往前推得夠多，讓我的輪椅移動。我沒辦法控制輪椅的方向，我需要用手指才能這麼做。

但我可以往前衝。

然後呢？我沒辦法拿起手機。我沒辦法撥號。

但除此之外呢？我就只能坐在這裡，被自己的血嗆死嗎？如果我什麼都不做，就只剩下這一條路了。失去知覺的結局就在轉角等著我。

但是。

我還沒準備好。

我不要我這輩子見到的最後一個畫面，是這個混蛋睡在崔維斯的位子上，而被他綁架的女孩就在他面前的手機裡餓著肚子。

結局不該是這樣。

我不知道要怎麼樣才行得通。

但就是這樣。我還剩下一點鬥志。你可以砸爛我的骨頭，你可以壓扁我的肺，你可以讓我頭破血流，你甚至可以從我的冰箱裡拿崔維斯的啤酒來喝。

然而你不能讓我坐以待斃。再也不行了。

有什麼計畫？我沒有計畫。我能有什麼計畫？我只能往前衝。我只能往前衝，然後看看會發生什麼事。

沒有人料想得到。我把手腕擠進搖桿後方。我有可能在把手腕向前推的時候，在有限的空間裡抓錯角度，而那只會讓我在原地快速旋轉，直到摔下輪椅。也許輪椅到時候會直接砸在我身上，給我一個了斷。那至少是個有尊嚴的死法。

我沒什麼選擇。什麼都說不準。無法控制。沒有計畫。只能往前衝。只能用最高速往前衝。

只能用最高速往前衝。

這個。

這是為了所有在過去數十年間罹患這種疾病的人做的。我們無所不在，我們很強壯，我們不需要你的同情。這是為了和我說話時把我當成白痴的對象，好像就因為我使用輪椅、因為我沒辦法把嘴角的起司擦掉，我的腦子就發育不全似的，你要知道，我原諒你。你只是不懂而已。

這個。這是為了我媽。你做了一切能做的事，還有更多更多。你為了我放棄自己的人生，你給我生存下去所需的一切，讓我能獨立生活，讓我擁有自己的人生。你是我成為現在這個人的原因。我愛你。

這個。這是為了金姆。另一個人生、另一個時間點、另一具身體。

這個。這是為了崔維斯。偉大、愚蠢又完美的崔維斯。如果沒有你，我就沒有勇氣做任何一件事。你做了一件我希望所有人都能做、卻沒有人做得到的事：你把我當作一個普通人，沒有比較好、也沒有比較壞。你有大好的未來在等著你，崔維斯，因為你擁有唯一重要的人格特質：你很善良。繼續保持無所謂、瘋狂、野性與自由吧。

這個。這是為了瑪扎妮。你一直都比任何人更了解我，我也了解你。你活潑、機敏，比任何一個把你視為理所當然的白痴都要聰明。你擁有那些人永遠也不會有的力量。我不知道這世界上有沒有正義。我不知道接下來會發生什麼事。但如果這一切會有什麼回報，那也是屬於你的。你應該要當總統。你應該要當女王。你應該要成為神。

這個。這是為了愛欽。我沒辦法在這世上做太多事。但也許我還能為你這麼做。

我深吸一口氣。我瞥向喬納森。他還在睡。也許我會直直撞上他的椅子。也許我會飛出家門，摔下前廊。也許這一切都沒有任何意義。但你就是得做點什麼。你必須做點什麼。

我準備好了。

然後我看見了。我輪椅上的平板閃現崔維斯的臉。有一則訊息。

我們來了。我看見你了。我們挺你。動手吧。

我咧開嘴。

我不孤單。我從來就不孤單。

我用我僅剩的最後一絲力量，把手腕重重壓在搖桿上。

60.

我直直撞上了廚房的桌子。我移動了大概一公尺。

真是戲劇化的逃脫啊。

但這引起了一連串的連鎖反應。我對大部分的事件只有些微的印象。但是以下是我可以拼湊出來的部分。

這下撞擊打翻了瑪扎妮放在桌子上當可憐小裝飾的鬱金香花瓶，還有一杯顯然是喬納森泡了但是忘記喝的咖啡。

液體灑得到處都是。咖啡開始從桌面流下來，一大部分都潑在泰瑞身上。他還沒死。他呻吟了一聲。

輪椅撞上桌子的巨響吵醒了喬納森。然後他聽見了泰瑞的呻吟，從椅子上跳了起來，大喊：「噢，不，噢，不，噢，不——！」他衝進廚房裡，拿起球棒。

但在他來得及做任何事之前，門口傳來鑰匙搖晃碰撞的聲音。

瑪扎妮走了進來。

我的天啊。瑪扎妮。但是她看起來似乎不意外見到喬納森，或夜間看護，或卡在桌子與冰箱之間、輪子轉個不停的我。而她看起來絕不害怕。

她做了一件最奇怪的事：她露出微笑。她的下唇顫抖著。但她還是微笑了。

「喔，哈囉。」她說。喬納森站在那裡，握著球棒，張著嘴，一臉錯愕。瑪扎妮說：「我叫瑪扎妮。我在這裡和丹尼爾共事。」她打量了一下房間。

「我看你找到了培根喔。」她說。

喬納森看著我，呆滯不已。我試著聳肩。我不知道他看不看得出來。

她看向我，然後這是她在踏進這個房間後第一次些微失態，有些驚恐地向後退了一步。我看起來一定很慘。但她鎮靜下來，然後直直望向我。

〔**哈囉，瑪扎妮。**〕

〔我來了，丹尼爾。要結束了。〕

〔**瑪扎妮，我是對的。就是他。他在這裡。你要小心一點。他很危險。**〕

〔我們都知道他是誰。我們來這裡幫你了。你好勇敢。〕

〔**我好害怕。**〕

〔我也好害怕。但你好堅強。所以我們也會堅強的。〕

她對我眨了眨眼。**她對我眨眼**。然後她再度轉向喬納森。「所以，」她平心靜氣地說。「有咖啡嗎？」

喬納森站在那裡，啞口無言，然後朝她走了一小步。「小姐，你必須——」

然後強光一閃，一陣爆炸聲響起，屋子裡突然充滿了煙霧、火花以及許多震耳欲聾的聲音。「趴下所有人趴下所有人天殺的趴下下下下下。」我聽見一聲恐怖的巨響，然後某個東西撞上了桌子，讓我旋轉方向，緊靠在冰箱上，瞪視著天花板。

濃煙有點刺鼻，我越來越難呼吸。我閉上眼，很確定我快昏迷了，很確定這是我人生的最後時刻，卻覺得沒關係，這一切都沒關係。

一個人撞上我的輪椅，滑了下去，然後爬了起來，試著跑過房間。我睜開眼。

然後又是一聲巨響。人影停了下來。我再度閉上眼。

現在安靜多了。平靜多了。一切都會沒事的。

我睜開雙眼。吊扇正緩緩在上方旋轉著。清晨的陽光形成的影子閃爍著。如果我看見的最後一樣東西是這個廚房，嗯，這至少是我的廚房。這是我的家。我讓它成為我的。在人們和世界道別的場景裡，還有更糟的。我一直都很喜歡這個廚房。

但我的視線並沒有變黑或變亮。濃煙散去。噪音消失。我的視線變得清晰。我看見一個警察站在房間角落。他朝廚房走來，蹲下身照看泰瑞。我的雙眼對焦在他的名牌上：安德森。又回到這間屋子了。他的面色死灰卻又紅潤，正用手背擦著鼻子。他看向我，眨眨眼，然後轉開視線。

我再度轉開頭，看向吊扇。

然後瑪扎妮和崔維斯來了。

瑪扎妮擦了擦我的臉。崔維斯啜泣著。他們在這裡，我們都在一起，我們不孤單，這是我這輩子最棒的一刻，我告訴你，我過去從來沒有去過、未來也不會出現在比此時此刻更棒的地方。

*

她坐在角落，有點緊張地看著我。她想靠過來，有點小心翼翼，卻又不是太小心翼翼。我懂的。換作是我，我現在也會怕我自己。

但她很堅強。一個警衛用一手環住她，但她輕柔地推開他。她身邊站著一個好年輕的護理師，遞給她一杯水，請她坐在椅子上。

這個護理師很貼心，但無論如何，她還是讓我感到焦躁難耐——我在這裡住院的一整個星期裡，當她結束值班時，她不會回到護理師站和其他人聊八卦，或是抱怨別的醫生。她會回到這裡，在我身邊坐下，握著我的手。她值的是夜班，等到我所有的訪客都離開之後，她只要有空就會坐在那張椅子上，替我擦眉毛，調整我的儀器，為我祈禱。

這個護理師在我的病房裡待太久了，老兄。大部分的醫學專業人士、護理師、醫生、醫務員，他們都有一定程度的疏離感，這是工作的基本要求之一，是經歷多年看著病人一個個死去，像失去世界上唯一一個重要的人似地為他們落淚，才磨鍊出來的冷淡無情。死亡會不斷發生，每一秒都會發生好幾千次，一點也不特別。如果你和剛死去的人曾經太親近，那會對你造成嚴重的影響。但如果沒那麼親近，那就不會……那麼嚴重。過去五分鐘內死去的人數，比你這輩子所認識的人加起來還要多。這會讓你感到難過嗎？

不，哀悼是一種奢侈的情感投資，而如果我們不做這種投資，死亡就只是另一件你無法改變的事罷了。有經驗的醫護人員都知道。他們會為你感到難過、會同情你，也會幫助你、引導你走過哀悼的過程。但是他們明天又要和別人重複一樣的事，一次又一次，直到他們老得沒辦法再幫助別人為止。（然後他們就死了。）

這個護理師正在應付這整個過程，而我逐漸意識到，有個對你投入不少情感的醫護人員在身邊，還是有許多優勢。她把警衛趕走，讓他在門外等待，然後她在我耳邊低語一句：「我就站在這裡。」然後也在站在她身邊的女子的耳邊說話。然後護理師便在她身邊坐下，搓揉著女子的背。

愛欽坐著，看著我。她比我以為的還年長。嗯，不算是年長。而是更堅強。在我腦中，我一直把她想成一個被拋棄在森林裡的嬰兒，被大野狼擄走了。但這是不對的，而我有這種想法，正好說明了我對她有多少偏見。我看著她觀察著這個房間，吸收一切，內心計算著，搞清楚現在的整體情況。她的雙眼燃燒著智慧的光芒。她不是一隻嚇壞的小羔羊。

然後，就和我意識到這一切的速度一樣快，她縮回一滴眼淚，接著撇開視線。

我懂。我現在看起來真的很驚人。前三個晚上，根據別人的說法，我睡睡醒醒。崔維斯說，在我媽的飛機降落之前，我大約瀕死四次，但我完全不記得了。我沒有夢到金姆，也沒有夢到我能飛，或是夢到努力朝著某道光芒前進。我就只是昏迷。不知道最後是不是就是這樣。就只是離開了。我猜就是這樣。如果是這樣的話，也沒有那麼糟嘛。我可以應付這樣的離開。

我還是處於命危的狀況，我已經在這張床上躺了一個星期，而我猜我看起來像揉成一團的美術紙。但我還在這裡。

我想讓愛欽知道，我還在這裡。我用盡自己的力量，勉強想移動我的左手。但這樣不太行得通。我低哼著，拉扯著，呻吟著。我的食指和中指只能微微移動。但愛欽聽見了我的哼聲，將頭轉向我。她看著我。我看著她。

〔**哈囉。**〕

〔哈囉。〕

〔**我知道我現在是什麼樣子。但你得知道，我還在這裡。**〕

她必須知道，其實沒有看起來這麼糟。她必須知道，我因為她的緣故，變得更堅強，而不是更脆弱。表面上，她看到的一片虛無，其實有著一個靈魂；她看見的受害者，其實是一股力量；她看見的軟弱，其實是剛強；她看見的死亡，其實富含生命。看看我能做什麼！

我能做好多事。

我知道劉愛欽之所以還活著，是因為我。根據崔維斯的說法，她被鎖在喬納森屋子後方的倉庫裡一個星期，遠在沃特金斯維爾。她上了他的車後就再也沒離開過，因為她不確定自己在往哪裡去，因為外面有點黑，而且她覺得開車的人看起來有點像她學生宿舍裡同一條走廊上的某個人，他看起來很善良，而美國應該是個充滿好人、在你有需要的時候就會幫助你的地方。當警察找到她時，她恐懼、飢餓，但沒有受到其他傷害。不管他打算對她做什麼，他都還沒有真的下手。他初嚐暴力滋味的對象，原來是我和泰瑞。事實證明，如果他的受害者沒有被困在輪椅上的話，喬納森真的很不適合當罪犯。泰瑞不只沒死，他最後只是被打斷下顎還有腦震盪而已。崔維斯說泰瑞倒在我家走廊上的時候，甚至還有辦法打喬納森幾拳。雖然我覺得崔維斯在唬我，但我還滿喜歡這個故事的，所以我決定相信他。這樣真好。

愛欽握著我的手。她在我手中放上一封信。是用中文寫的。

「我……信。」她說。「給你的。」

我會讀的。我知道怎麼翻譯這些東西。

我能做好多事。

因為我的關係，喬納森進了雅典矯正中心，檢方對他提告綁架罪、重度傷害、殺人未遂，還有其他加諸在他身上的罪行，因為老實說，管他去死。崔維斯收到我逃離家門時傳的訊息便報警了，說有個殘障人士在自家受到攻擊。然後他打給瑪扎妮，瑪扎妮又打給安德森員警，然後他們全部在同一時間抵達我家，還有一大群員警。瑪扎妮不知怎麼地說服員警讓她去分散他的注意力（「有咖啡嗎？」），他們則從後門衝進來。喬納森試著逃跑，但他們開槍打中他的腿，然後當下就把他上銬了。

我希望那一槍很痛。我希望他現在還在痛。

喬納森現在會消失很長一段時間了。我並不覺得自己和他有任何連結，毫無他迫切想得到的那種心靈相通。他只是一個可憐的病人，需要從現在開始遠離我們所有人。我原本想和他分享孤寂的感受，因為我也感覺到了。但他的孤獨和我的不是同一種孤獨。他覺得這個世界都在拒絕他。而我覺得這世界歡迎所有人。他的拒絕並不是來自孤寂，而是來自愚蠢的恐懼與殘忍。如果我們沒有碰上，也許愛欽就會死。也許他會再做一次一樣的事。也許他會放她走，並希望她害怕又困惑得不敢指認他。我不認為喬納森知道之後會發生什麼事。但是也不重要了。一切都結束了。幸運的話，喬納森，我們沒有人會再見到你了。最後你什麼也不是。

但現在這一切都不重要，愛欽，現在你在這裡了。現在重要的是，我很幸運。我有能力。我有力量。我有安全感，我知道就算我得使用輪椅，儘管我不能伸出手、緊抓住這個世界的衣領，我還是改變了世界。我找到了我的定位。這個世界因為我的存在而改變了。這應該是我們都想要的才對。

這應該是我們都想要的。

我知道。

我現在很確定，我有參與自己的人生。我主動參與了。我不是只坐在電腦前，讓它離我而去而已。

我擁有愛我的人們。我擁有一群會陪我直到最後的最後的人們。我很溫暖，我知道不論我何時離開，我身邊的人們會談論我、記得我、將我謹記在他們的靈魂中，直到他們的人生結束。我幫助了人，我也擁有幫助我的人。讓別人幫你忙，就是你能為所有人做的最好的事了。

〔**你理解嗎？**〕

〔我懂。你經歷了好多痛苦。你被折磨太久了。〕

〔**我沒有被折磨。我活過了！**〕

我活過了！

愛欽開始用手輕撫我的左臉頰。她很可愛。她很強大。這個世界因為有了她，變得更好了。我可以看見這一點。我知道她也可以。

「謝謝你。」她說。

我深吸一口氣。

「不。客。氣。不客氣。」

她露出微笑。然後她站起身，牽起護理師的手，走出病房。

我為這個世界帶來了光，我把光給了這個世界。而這一道光多麼美妙啊！我可以說我活過了。你能說你活過了嗎?你必須能這麼說才行。我愛過,而且我也被愛過。

這應該是我們都想要的。這是你現在唯一該做的事。就在你的眼前。

所以就把握它吧。我知道我打算這麼做。

高寶書版集團
gobooks.com.tw

TN 291
幸運的我成了綁架事件目擊者
How Lucky

作　　者　威爾・萊奇（Will Leitch）
譯　　者　曾倚華
責任編輯　陳柔含
封面設計　林政嘉
內頁排版　賴姵均
企　　劃　何嘉雯

發 行 人　朱凱蕾
出　　版　英屬維京群島商高寶國際有限公司台灣分公司
　　　　　Global Group Holdings, Ltd.
地　　址　台北市內湖區洲子街88號3樓
網　　址　gobooks.com.tw
電　　話　(02) 27992788
電　　郵　readers@gobooks.com.tw（讀者服務部）
傳　　真　出版部　(02) 27990909　行銷部 (02) 27993088
郵政劃撥　19394552
戶　　名　英屬維京群島商高寶國際有限公司台灣分公司
發　　行　希代多媒體書版股份有限公司/Printed in Taiwan
初　　版　2022年5月

國家圖書館出版品預行編目(CIP)資料

幸運的我成了綁架事件目擊者/威爾.萊奇(Will Leitch)著；曾倚華譯. -- 初版. -- 臺北市：英屬維京群島商高寶國際有限公司臺灣分公司, 2022.05
面；　公分. -- (文學新象；TN 291)

譯自：How lucky

ISBN 978-986-506-403-7(平裝)

874.57　　　11105236